KB151381

저 이래 봬도 잘 살고 있습니다

저 이래 봬도 잘 살고 있습니다

예예

여는 이야기

그러다 여러 사정들이 겹쳐
그림책 작가의 꿈을 잠시 접고
귀국길에 올랐다.

이 책에 실린 '나'의 이야기는 퇴사 후 다시금 취업 전선에 뛰어들어 실패와 좌절, 바닥까지 떨어진 자존감을 경험하며, 살림살이는 여유롭지 않지만 마음이 여유로운 가족들과 함께 울고 웃으며 위로받던, '나'의 서른 살 즈음의 이야기입니다. 이야기를 그리고 쓰면서 받았던 작지만 소중한 감정들이, 독자 분들께도 부디 고스란히 전달 되었으면 좋겠습니다.

우리 천천히 행복해집시다.

작가 올림

목차

Part.1 나는 오늘도 숨만 쉬었다

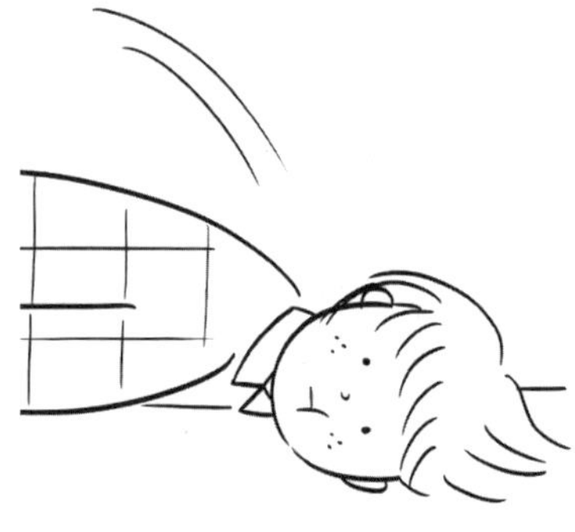

Part.2 뭉선생에게 배우는 잘사는 법

Part.3 그래도 가족이 있으니까!

뭉게 위드 미

Part. 1

나는 오늘도 숨만 쉬었다

" 얼어 죽어도
아이스카페라떼 "

[백수가 오래되니 드는 별생각들]

엄마~
나 밥 좀 줘
여기서 나갈수가 없어

나 녹아 없어져요

언니~ 올라와~

난 정말 불안쟁이 구제불능이야.
그래도 사랑해 줘서 고마워.

회사를 관두고 프리랜서 수입이 생각처럼 들어오지 않자 다시금 취업 활동을 시작한 것이 일 년 반 정도 인데 거의 3년은 놀고 있는 것 같은 기분이 들었다. 회사에 다니며 집안의 대출 수수료나 생활비를 대던 나의 수입은 툭 끊겨 무릎이 아픈 엄마는 다시 백화점에서 일을 시작했고 나는 엄마에게 학생처럼 한 푼 두 푼 용돈을 받았다. 내가 너무 이기적이라는 생각을 수도 없이 했다. 나는 취업을 위해 이력서를 고쳐쓰고 서류탈락의 고배를 마시는 지옥 같은 나날을 반복했고 많이 울었다. 그냥 딱 나만 사라진다면 모두가 행복해 질 것 같은 바보 같은 생각도 종종 했다. 가족들이 날 사랑하고 내가 그들을 사랑할수록 더 사라지고 싶었다.

뭉게가 쓰는 글

요즘 큰누나는 멍하다.
대부분 그 자리에서 TV를 보다가
누워서 잠들다 다시 일어나
TV를 본다.

누나가 기대누운 쿠션은
나의 세번째 침대다.
잠깐 빌려주는 거다.

야. 산책갈 시간이야. 가자.
툭툭

나랑 산책이라도 매일 하니
다행이지.

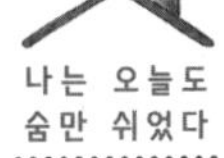

얼굴위에 앉아야지
심심하니까
으븝

[터벅터벅]

취업하고 싶어…!

누구보다 열심히 할텐데!
터벅 터벅

나도…! 쪽팔리지 않게
살고 싶어!

하하, 좋은곳에 취업하고나니 체형도 바뀌더군요
The 직장인
세련
날씬
와~
대단하다
어머~
~일가친척~
갈비 SET

명절엔 다들 친척들을 만나러 가는지 동네가 한산했다. 나는 한동안 명절에 친척들과 만나지 못했다. 돈도 벌지 못하고 몸은 불어서 창피했기 때문이다. 그때마다 차가운 공기를 들이마시며 사람 없는 동네를 빠른 걸음으로 걷고 또 걸었다. 그렇게 하면 생각이 정리되는 기분이 들면서, 정신이 바짝 차려졌다.

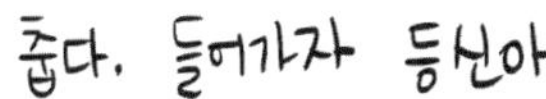

[일단 눕자]

자꾸 누워있는 만화

희한하다. 자꾸 눕고싶네.

누워서 먹고싶네~
와구와구
짭짭
부시럭
POTAT

뭘 봐야할지 모르겠지만 일단 누웠어

등허리가 중력을 이기지 못하고 그만 바닥에 철썩 붙어버렸다. 생전에 외할머니께서 누워만 있으면 소 된다고 하셨었는데, 그래서 그런가? 덩치는 이미 소가 되었다. 하지만 소처럼 일할 수 있으면 좋겠다. 언젠가 어딘가에서 바쁘게 일하고 있는 나의 모습을 상상하며, 오늘도 누워서 TV를 틀었다. 눕고 싶어서 눕지만, 평생 누워 있고 싶은건 아니야.

[가는 겨울 붙잡기]

봄아, 오지마라

겨울아 벌써 가지마라
으~
눈이낫지

난 봄이 오는게 싫어.
으~

난 아직 해결된게 하나도 없는데
○○ 떡볶이
치떡에... 중간맛
김말이 하나요.

긴 겨울이라고 했던가. 내 생각엔 우리나라에서 긴 계절이란 없다. 겨울이 익숙해질 때쯤 봄이 오고, 아 이제 봄이구나 하면 여름이고, 더워서 죽겠네! 하면 곧 추워서 죽겠네로 바뀌는 것이다. 그리고 그렇게 쉽게 한 해가 간다. 그리고 새해와는 낯을 가리게 된다. 올 한 해도 친해진다 싶으면 또 겨울과 함께 떠나가겠지. 봄이 찾아오는 간절기는 해가 바뀌는 계절이라 다른 때보다 더욱 처진다. 일 년은 쉽게 훅 지나가고 그동안 뭐 하나 마음처럼 해결된 것은 없고, 커다란 변화도 없는 채로 나이만 먹는 기분. 이대로 몇 번의 봄이 지나야 나는 남들처럼 봄을 즐기며 맞이할 수 있을까? 일 년 내내 더운 나라에서 살면 이런 기분이 좀 덜할까? 아니면 일 년 내내 추운 나라? 음, 그래 기왕이면 추운 나라가 좋겠다. 더우면 입맛이 없기 때문이다. (거짓말이다. 사실 더워도 입맛은 살아있다.)

[익숙해진다]

이건뭐 재활용도
안되는 개쓰레기

[둥둥]

어쩐지 혼자 멈춰있는 기분
둥둥...

흠... 게을러
긁적

와... 파도라도 쳐라. 진짜
...
...
...

그러고보니 얼마전 여동생에게 헛소리를 했다.
언니는 어제 바다가서 낚시로 물고기 잡고 뭉게가 회떠서 팔고 이랏샤이마세 이러고...

사람들이 날고 기고 달리고 있을 때, 나 혼자 멈춰있다.

그럴 땐 참 비참하다. 속도를 맞춰서 다시 달려보려고 해도 맘처럼 되지 않는 상태.

내 게으름을 탓해 보지만, 사실 나름대로 최선을 다해서 달려보려고 몇 번을 시도한 끝에 찾아온 나의 '게으름'을 더 나무라기엔 정말 미안해서.

그냥 그렇게 멈춰있을 수밖에.

[고민]

아~ 창피하다

얼마전 일본에서 반가운 연락이 왔다
M 통괄점장: 이상~
잘지내? 우리 이번에
사원여행 한국이야
시간내서
꼭 만나요 ♥
다들 보고싶어해
이씨
오~
대학원때 일하던 도너츠가게의 회사
분들이 사원 여행을 한국으로 오신다 했다

그런데 당연하게 먼저드는 생각이
하~.... 창피한데...

살은 돼지처럼 찌고, 머리도 엉망
피부도 엉망, 수입은 제로...
CHIPS

도너츠 가게엔! 추억이 많다.
알바신분이었지만 진심을 다해 일했었다.
~ 작별 선물 ~
李さん
おつかれさま!
파티쉐인 M점장님
수제 케익
편지와
사진앨범
李さんへ
내가좋아한
키르훼분 타르트
특히 한국으로 돌아오게 되었을때,
평생 못받아볼 선물까지 받았었다.

생각해보면 그 때 사랑받았던것 같아
이상~
초코 아직?
곧나가요~
한국 가지 말고
우리랑 일하자~
하하
(사장님)

한국에서 뵐 땐 좀더 멋진모습이길
바랐는데...
긁적
하하...
살도빠지고
피부는 관리받아요
꺄~
이상
완전 멋져졌네
~방긋~

우~ 마음이 복잡하구나~

[파마의 즐거움]

간만에 들린 미용실...
...

거의 5~6개월 만이다.
우와... 미륵돼지?
미용실의 거울은 언제나 적나라하다.

늘 다니는 동네 미용실.
엄마와 나는 항상 여기서 머리를 한다.
어떻게 해드릴까요
펌이요!

그렇다. 무작정 펌을 하였다
짜잔!
원장님, 저 펌하길 잘한것 같아요

사실 망한것 같은데 엄청 좋아.
ㅋㅋㅋ
ㅋㅋㅋ

5분 단위로 머리가 바뀌기 때문이지
마치
따로 살아있는
생명체
같아!

머리 감고 넘기면 완전
안토니오 반데라스…!

머리가 좀 풀렸는데 여동생이
추노에 나오는 성동일같다고 했다.
주인!
ㅋㅋㅋㅋ

머리 하나로 이렇게 즐겁다니!!
귀찮아서 미루던게 후회되는군

내 머리 모양은 단발 중에서도 짧은 편이라, 미용실을 자주 가지 않으면 봉두난발 되기에 십상이다. 하지만 백수일 때 제일 먼저 놓게 되는 것은 외모 관리, 특히 머리 손질인데, 손재주라도 있으면 앞머리라도 혼자 다듬을 텐데 왜 내 손은 똥손인지. 잘 정돈된 머리 모양의 내 취업용 증명사진이 애석했다. 벼르고 별러 오랜만에 온 미용실이니만큼 큰 변화를 주고 싶어서 무작정 파마를 부탁드렸다. 머리털이 워낙 얇고 착 붙는 스타일이라 원하는 만큼 빠글빠글 센 모양으로 나오진 않았지만, 고사리나물처럼 축 처져 있는 파마 스타일도 나름대로 개성 있고 좋았다. 머리 모양 하나 바뀌었을 뿐인데 이 들뜨고 신나는 느낌은 뭘까? 머리 미용의 순기능을 경험하였다. 그리고 그 이후 날 즐겁게 했던 파마머리는 서글프게도 몇 주 지나지 않아 다 풀렸다.

봄이다.

언니!

빨리 온 만큼 금세 지나갈테니
찍는다!

많이 불러놓아야지.
봄이다~
언니 모질라 ㅋㅋ

하...

(냄새 그만 맡고)
가자!
팽팽
킁킁

[예민증]

백수가 오래되니
예민해진다

퇴직후 프리랜서라는 이름의 백수로,
그 다음은 취업준비생이라는 백수로
살았다.
갔다올게~
잘갔다와-

엄마가 일을 하기 시작하고
자연스레 집안일은 내가 하게되었는데

집안일이라는게 원래 그런건지
사람을 가끔 예민하게 만든다.
뭐야
누가 두챗구멍에 방방비켰어
아 뭐야
음식물쓰레기봉지는
왜 풀어놓은거야!
드럽게!!!
다시 묶어야 하잖아

종일 집에서 청소, 빨래, 설거지하다 보면 여러 가지 복잡한 감정이 환기된다. 다시 사회에 나가서 일할 수 있을까? 회사에선 어떤 말투로 이야기했었더라. 어떤 얼굴, 어떤 표정이었더라. 설거지하며 투덜대는 이런 얼굴과 말투는 아니었을 거로 생각한다. 시도 때도 없이 입에서 욕이 툭툭 튀어나왔다. 누군가를 향해 지껄이는 욕이 아니라, 나 자신에게 던지는 욕이었다. 중얼중얼. 나 자신과는 치고받고 싸울 수가 없으니 답답하고, 반박도 할 수 없으니 해소되지 않는 상처의 연속. 그릇이 작아진다. 간장 종지만 해진다.

[30대]

나는 오늘도
숨만 쉬었다

30대가 된다는 것
에 대한 만화

30대가 된다는 것은 20대가 될 때와는
너무 달라서
셋 하면
뛰웁니다!
하... 후..
허..
아 안돼
잠깐만여 ..
후...

나 같은 경우엔 줄 없는 번지점프,
혹은 준비되지 않은 다이빙 같은
그런 느낌 이었다.
아냐
안뛸래여
어허어엉
30
대

아아아아
싫다고~
아직 아니라고~
미친
날버리지마
이십대야
하나!
둘!

아악
에잇!
아아아아아아아
난 망했다
풍덩!
뽀골
뽀골
푸하

삼십 대가 되는 기분이란, 그야말로 줄 없는 번지점프 같은 느낌이었다.

마치 나는 아직 안전장비도 마음의 준비도 하지 않았는데 시간이 등을 떠밀어서 비명과 함께 추락하는 느낌이랄까. 물론 나를 제외한 다른 사람들은 아주 안전하고 여유롭게 튼튼한 줄을 달고 점프하고 있었다. 그런데 떨어지고 나니 이게 번지점프가 아니라 사실 다이빙이었다! 그냥 물속 깊게 떨어져서 다시 수면 위로 올라오기까지가 오래 걸렸을 뿐.

막상 되고 나니 삼십 대도 별거 아니라는 생각이 들었다. 하지만 사십 대가 될 때는 나에게도 안전장비가 주어지기를!

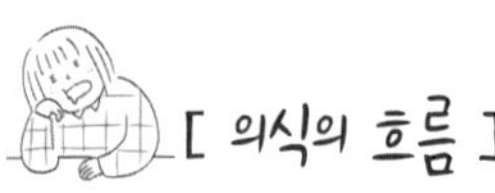

[의식의 흐름]

회사를 관두고 만화를 그린다면
그 안의 부조리를 전부 폭로하고
싶었었다.

여기 관두면 그림으로 그릴거에요
후~
오~ 진짜?
멋지다~
아직 이런 후진적 문화가 있다니...
동료 직원들

퇴사후에도 걸려오던 전직장 동료의
전화 하소연도, 받지 않은지 오래다.
그렇게 힘들면 나처럼 관두지...
절대 안그럴거면서.
call

마음은 점점 좀팽이가 되어서는...
이직하면 바꾸기로 하고 바꾸지 못한
나의 구형 휴대폰처럼
여기저기 불량하며 쉽게 꺼진다.

아니지! 이미 그시기도 지났다.
이제는 망각과 권태의 터널을
지나가고 있다.
난 어디로 가는가. 모르겠다~

비가 많이 내린다.
그래서 하는 생각이다.
빠나나우유 대존맛탱

[천하제일 한심대회]

이력서 쓰는 걸 한달 전쯤 그만뒀다. 포트폴리오도 더이상 만지지 않았다.

하도 서류탈락을 하다보니 여기서 더 해봤자라는 아주 나태하고 건방진 생각이 들었기 때문이다.

그렇다. 처먹는걸 멈출수 없다.
먹고 살만 하지 않은데
먹고 살만 한것처럼 먹기만 한다.

[쌓인 그리움]

그리운 것들은 쌓여간다

사람이 좀 바쁘고 그래야
이런 생각들도 멈출텐데

그리운 것들이 쌓이는건
별로 달가운일은 아니지.
왈왈!!

그립다는건 너무 멀리 가버려서
이젠 닿을수 없다는 거잖아.

비내리던 교토의 흙냄새도,
철없었던 대학 시절도
그때의 하늘도 구름도 감정도 사람들도
모두 그리워졌다.

정말 싫다.
이젠 지나가는 시간, 공간 하나하나
그리워질 것이라는걸 알았기 때문이다.

괴로워
?

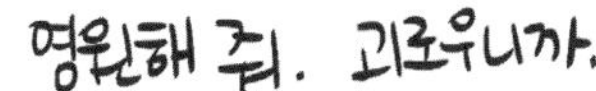
영원해 줘. 괴로우니까.

와~
바람부니까
시원하네~
그치?
다시 걷자

[백수가 길어지니 생기는 나의 변화]

가끔외출하면 나만 몬스터 임
빅풋이 인간계에옴
긁적
씻었는데
안씻은 느낌

집에서 성격도 몬스터 되었다.
건들지마라고!!!
와아 아아!
자격지심의
괴물

후회
내가
왜그랬지

[과거를 돌이키며]

혹시 모르겠다. 내가 실력이 좋았더라면
그대로 작가가 되어 지금과는 다른 삶을
살고 있었을지도.

귀국 후 나는 회사원이 되었다.
번듯한 곳이었다.
하지만 모든 일원이 정사각형으로
딱 들어맞던 그곳에서 나는 동그라미였다.

아~
안녕하세요

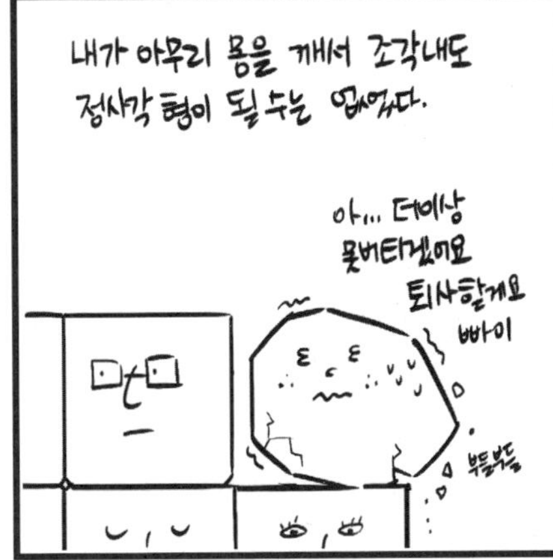
내가 아무리 몸을 깨서 조각내도
정사각 형이 될 수는 없었다.
아... 더이상
못버티겠어요
퇴사할게요
빠이
부들부들

돌이켜보면 유일하게 나를 받아준
곳이다. 가슴이 찢어지게 아팠던 상처도
다 지난일이다.
....

최근 친구들과의 대화에서
나는 혼자 유영을 한다.
사실 꽤 예전부터 그랬다.
둥실~
하하
그래서~

둥실하고 혼자 떠다닌다.

과거를 자꾸 돌아보게 된다.
과거에는 아직 내가 있기 때문이다.

지옥 같던 첫 회사에서 이십 대의 마지막을 보낼 수 없다는 위기감에 스물아홉 살에 퇴사. 그리고 바로 떠난 40여 일 간의 해외여행 후, 여행에서 받은 영감으로 잠시 접었던 그림책 작가의 꿈을 다시 펼쳐보려 했다. 사실 남은 퇴직금으로 공동 작업실을 계약하면서 앞으로 육 개월 정도면 가지고 있는 저금이 모두 사라진다는 것을 이미 짐작하고 있었다. 그리고 육 개월 안에 그림책 작가가 될 수 있다는 생각도 허무맹랑하다는 것을 알고 있었다. 원래 무모한 선택이나 행동을 즐기는 편은 아니지만, 스물아홉 살이라는 나이가 주는 불안감 때문이었는지, 삼십 대의 시작을 맞이한다는 불안정하지만 두근거리는 변화 때문이었는지 모르겠다. 이때가 아니면 앞으로 그림에 몰두하지 못할 것 같다는 생각만으로 결말이 보이는 뻔한 모험을 스스로 저질렀다고나 할까. 단점은 돈을 따로 벌지 않았으니 수중에 가지고 있는 돈을 다 털어야 한다는 점이었고, 장점은 온전히 그림에 집중할 수 있었다는 점과 여행을 다녀오고도 지겹게 남았던 전 회사의 악몽 같은 트라우마를 완전히 지울 수 있는 계기가 되었다. 지금 생각해보면 행복했던 시간이었다. 학생 때로 돌아간 듯이 그림도 많이 그렸고 충실한 시간이었다. 다시 새롭게 앞으로 나아갈 힘을 받은 느낌이 들었다. 그 이후에 나를 찾아올 터널 같은 어두운 시간을 몰랐기 때문이었다. 대학원을 졸업하고 한국에 돌아와 취업 활동을 시작한 나의 나이는 스물여섯, 일곱 즈음이었는데, 스물일곱의 나와 서른 살의 내가 겪는 취업난은 사뭇 달랐다. 일 년 반의 애매한 사회 경력과 오히려 신입사원의 경력에는 방해되는 석사라는 학력. 그리고 물론 나의 포트폴리오 스타일도 문제가 있었을 거로 생각한다. 하여간 탈락의 고배만 몇 차례 마셨던가. 마음이 꺾이는 일에 대한 면역은 다년간의 유학생활과 가혹했던 전 회사에서 충분히 단련되었다고 생각했는데, 취업에 실패하면 할수록 취업 전선에 뛰어든 나는 점점 한 꺼풀 한 꺼풀씩 벗겨져서 나중엔 남은 갑옷도 방패도 없는 알몸으로 높은 가시 벽에 쿵쿵 치대고 있다는 생각이 들었다. 취업을 희망하고 이력서와 자기소개서를 쓸 때, 항상 지원하는 곳에 출근하는 나를 상상하며 간절한 마음으로 마음을 담아 글을 써내려갔다. 기업들은 무심하게도 탈락공지조차 주지 않거나 전화 한 통 없는 곳이 많았고, 그때마다 마치 세상에게 잠수 이별을 당한 것 같은 (우습지만), 그런 기분을 받았다. 가족들과 친구들은 각자의 방법으로 나를 위로 했다. 나는 움직이지 않고, 해가 뜨고 지는 것을 모르고, 출근하는 가족들을 배웅하고, 이력서를 쓰고, 고치는 일이 반복되면서 서 있을 힘을 잃어갔다. 가족들과 깔깔 웃는 일도 있었지만 사실 웃고 있지 않았고, 친구들과 만나긴 했지만 만나고 있지 않았다. 서른이 넘었는데 가족들에게 경제적으로 의지하고 있다는 것에 대한 무력감. 계속되는 자책감이 스멀스멀 발가락을 타고 올라왔다.

[작은 일이라도]

소소한 일을 시작하다.

만화를 자주 못 그린 이유는,
일을 시작했기 때문이다.

미술학원에서 입시생들을
가르치는 일이라, 풀타임은 아니다.

사실 수입으로 따지면
전 회사연봉의 반 정도의 수입이지만
아이들이 귀엽고 스트레스도 덜하고

뭐, 곧 적응되겠지...?

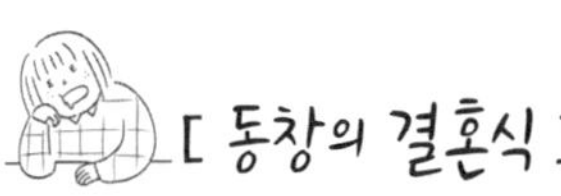

[동창의 결혼식]

동창의 결혼식에 다녀왔다

고등학교 동창들이 하나둘,
결혼을 하는 나이가 되었다
17살의 나

이번에 결혼하는 친구는,
고등학교 시절 최장시간 짝꿍이다.
(담임)
자! 오늘은 짝바꾸자~
ㅋㅋㅋ
끄덕

처음엔 둘다 키가 커서 짝이되었는데
그 이후로 편법을 써서 계속 짝이었다.
와~ 너네 또 담임 몰래~?
우하학 개웃겨! ㅋㅋㅋ ㅋㅋ

추억이 또 하나 성장해간다.
야아~
나왔써
어! 예철이 왔다!
(내 별명)
ㅋㅋ
← 시간착각해서 2시간일찍간 모지리

자~ 친구분들 하트 아니면 브이~
88년생은 역시 브이지 ㅋㅋ
ㅋㅋㅋ
ㅋ
ㅋ
ㅋㅋㅋ
맞아 하트는 좀 ㅋㅋ
찰칵!

어머~ 친구분들 네이비로 맞춰 입으셨구나~
아... 아닌데요... 하하
그러고 보니...
우~중~충~

(88년생은 네이비 인가...?)

[살쪘다]

호오... 이것봐라?

살쪘다.

아마도 인생 최대기록 경신중...
사람인가
돼지인가...

12시에 출근해서, 오후 5시에 저녁을 먹고, 다시 일하다 11시에 집에오면, 배가 정말 고프다... (변명이다)
와구
와구

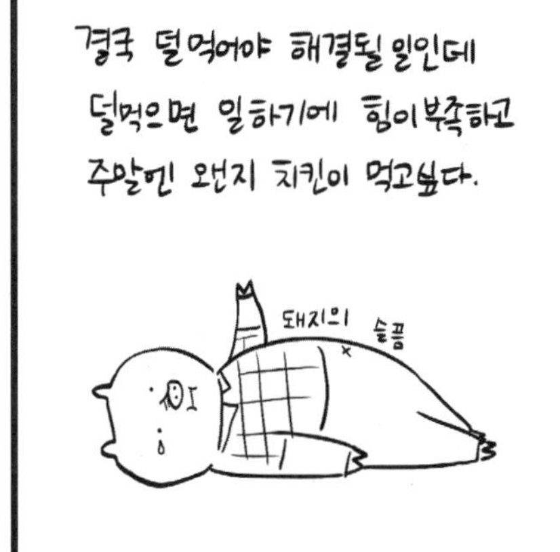

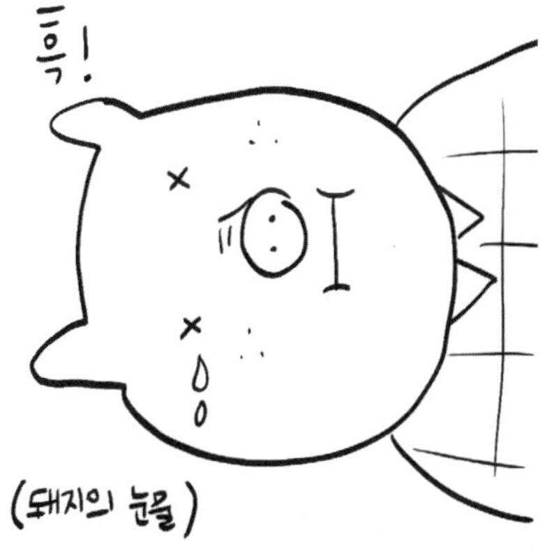

한국에 귀국해서 집밥을 많이 먹어서인지, 아니면 첫 회사 취업 이후 회사 스트레스가 심해서인지, 그것도 아니면 긴 백수 기간에 치킨을 너무 많이 먹어서인지, 그냥 나이가 들어서인지 하여간 살이 많이 쪘다. 마지막 쟀던 몸무게는 대학원생 시절 이후 15킬로가 더 쪄있는 상태. 학원 강사 일을 시작하면서 야식을 먹을 핑곗거리가 하나 더 는 나는, 오늘도 음식의 유혹에서 벗어나지 못하고 배달 앱을 키고 마는데… 과연 내 몸무게는 이대로 인생 최대치를 찍을 것인가!

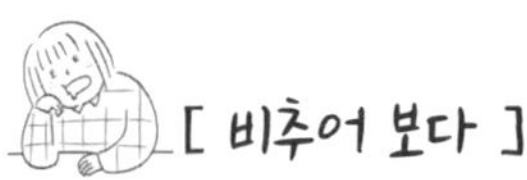
[비추어 보다]

고3 아이들을
가르치면서

이따금 아이들의 모습에서
과거의 나를 비추어 본다.

우유부단하고 갈대같은 아이에게서,
선생님
저 정말
학교를 못정하겠어요...
아니다
학과를요
아니, 아닙니다
아!
쌤...
저 진짜
뭐가 되고 싶은 건지
하나도 모르겠어요
뭐 그릴까요?

입을 헤 벌리고 멍한 아이에게서,
OO야
정신차려어~
멍

별것도 아닌 내 농담에
까르르 웃는 아이에게서,
끅끅
아쌤~
넘웃겨요~

집안사정을 걱정하며
눈물쏟는 아이에게서,
엄마아빠한테
너무죄송해요

나는 과거의 나를
비추어 보게 된다.

아름답게 흔들리던 시절에 대한
연민, 그리고 그리움

만으로 열여덟, 그때의 나는 어땠더라. 고3 입시생 아이들을 가르치는 일을 하게 되면서, 나의 예전 모습을 돌아보게 된다. 당시에는 지금처럼 스마트폰 시대가 아니었고, 디지털카메라의 화질이나 저장 능력도 좋지 않았다. 사진이 필름에서 디지털로 넘어가는 시점에 학창시절을 보낸 나는, 유독 그 시절의 사진이 많이 없다. 졸업 후 일본 유학 생활을 길게 해서 그런지, 몇 년에 한 번씩 고등학교 동창들을 만나서 이야기를 들으면 기억나는 일들도 별로 없다. 아마 성격도 지금과는 조금 달랐을 것이다. 하지만 그때의 공기, 그때의 인상에 대한 기억은 선명하다. 분위기를 기억한다고 해야 하나. 친구 관계로 고민도 했었고, 학교라는 작은 사회 안에서 도태되지 않도록 치열하게 살았던 것 같다. 여드름 피부에 특징 없는 흐릿한 얼굴이라 외모 고민도 많았고 공부보다 그림 실력에 욕심이 많았었다. 한편으로는 잘 웃는 아이였던 것 같다. 장난기도 있었고, 친구들이 나로 인해 웃는 모습을 보는 게 즐거웠던 것 같다. 사진으로는 많이 남아있지 않지만 돌이켜보면 아름다웠던 시절이었다고 생각한다. 아이들의 시간이 아름답다고 생각한다. 그래서 나의 시절이 그들의 지금과 겹쳐 보인다. 아이들과 농담을 치고 놀다가 그 순간이 예쁘다고 느껴서 "잠깐 지나가는 시간이다. 많이 웃고 가득 즐겁게 보내렴." 하고 이야기한다. 아이들은 듣는 둥 마는 둥 깔깔 웃는다.

흔들려서 아름답다.
흔들리는 시간은 아름답다.

이따금 나는 그때 그 시절의 나를 만난다.

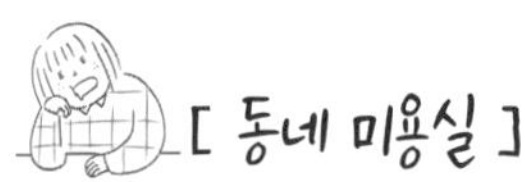
[동네 미용실]

간만에 또 머리라도 하려고
집을 나섰다.
HAIRSALON

나는 항상 다니는 동네 미용실이 있다
원장님이 편해서 거의 10년가깝게 다니고있다
옆동네라
마을버스타고 감.
OOO 헤어

내 또래 친구들이 다니는 젊은이샵에
비해 훨씬 저렴한것이 장점이다.
역시 미용실에오면
내 얼굴이 적나라해

단지 무언가 원하는 느낌이 있다면
요...요거
가능할까요?
얼굴이 똥똥해서
아뇨
가능해요
HAIRSALON

완성된 머리가 사알짝 다른 느낌?
무언가 원장님만의 테이스트 첨가!
(엄마) 이게 보여드린머리야? ㅋㅋ
띠용~
응ㅋㅋ

인줄 알았으나...
야! 여기 사진에 있는 여자애들이 너보다 30kg는 덜나가겠다
머린 같은데 니가 뚱뚱하니 글치
으이그~

머리는 잘못이 없었다.
정말 다행이야...!
심쿵

[새해가 되었다]

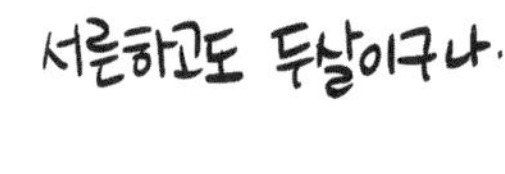

서른에서 서른하나로 넘어갈때보단
조금 초연해진 느낌

생일에 나이를 먹는 일본에선
생일파티를 하고난후 토까지 할만큼
나이먹는게 두려웠었다.

흠...
달그락
달각

그런데 서른두살은 그냥 어떻게
잘 해나갈수 있을것같다.

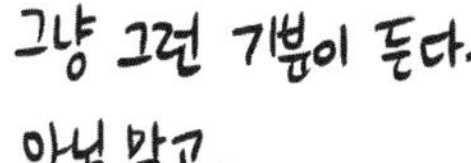
그냥 그런 기분이 든다.
아님 말고.

[한 입만]

한입만이 싫다

밤 11시 퇴근
나는 라면 하나를 산다
당기세요
ㅇㅇㅇ

그리고 집에 오자마자 끓인다
후... 너무
기대된다

그리고 먹는다...!

...
호~
상습한입범
여동생

안돼. 라면두개도아니고, 한개라안돼
절대안돼 이것도 지금 부족해서
아껴먹는다고!
쳇

!
과일한입범

[나풀나풀 자존감]

자존감은 어디서 오는걸까?
휘이~

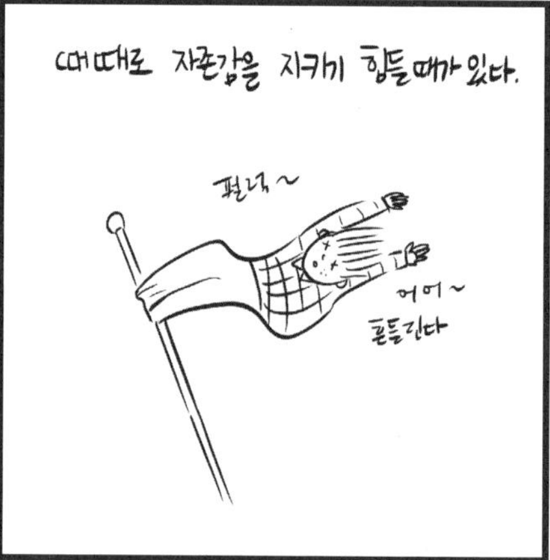
때때로 자존감을 지키기 힘들때가 있다.
펄럭~
어어~
흔들린다

종잇장같이 나풀거린다.
어~

그러다 툭 하고 끊어져서
툭
꼬악!

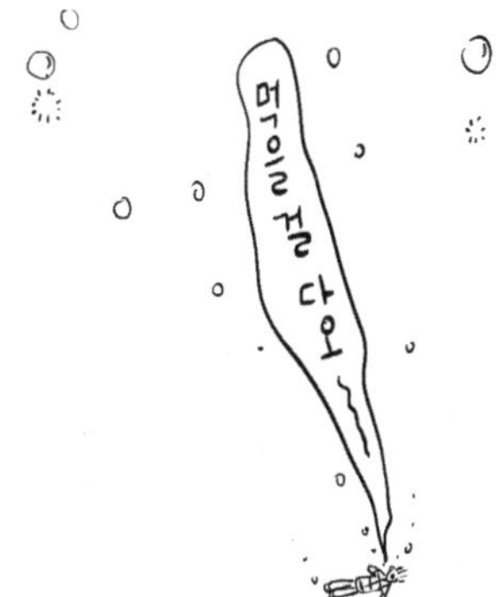

먹는 것으로 자존감을 세우는 것은 어불성설이지만, 자괴의 늪 바닥까지 빠져서 자력으로 올라가지 못하고 허우적대는 내게는 잠깐의 산소공급 정도는 되는 것 같다. 이럴 땐 역시 매운 떡볶이나 치킨이 좋을 것 같다.

[유행하는 코트]

유행하는 코트를 샀다 만화
TEDDY
STYLE

지난 1월, 나는 구스다운을 사려다
유행에 편승코자 테디 베어코트를
샀다. 14만원가량 했다.
아, 망했
취소
할까
...
그 그래, 코트치고 싸..
구스안사서
돈아끼고, 동물보호
하고

그렇다. 그놈의 새벽 지름신이
온것이다.
...
젠장!

일주일 넘게 기다려서 온코트는,..
(직구아닌데 이렇게 걸림ㅠㅠ)
쓰파시바
※러시아어임
날 러시아불곰화시켰다.

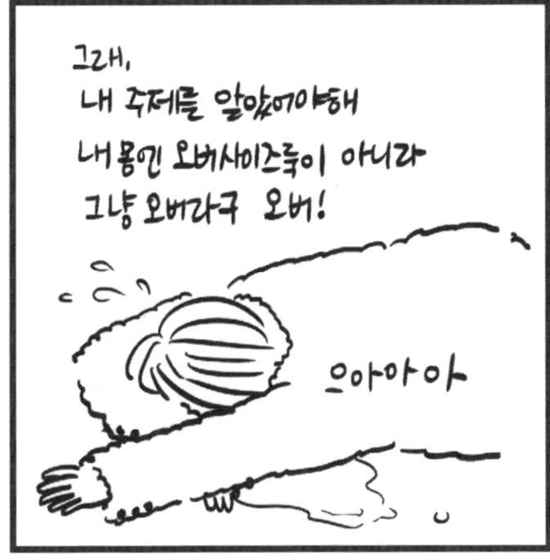

돈은 조금씩 벌고 있지만, 덩치가 산만해진 연유로 한동안 새 옷을 사지 않았는데, 이 코트는 내 덩치여도 넉넉하게 입을 수 있을 것 같아서 샀었다. 하지만 코트는 나를 러시아 불곰으로 만들고는, 며칠 지나지 않아 옷장에서 나오지 않았다.

[바쁜 베짱이]

바쁘진 않은데 바빠죽겠다

왜일까? 엉덩이는 붙이고 앉아서
작업은 하는데 완성은 안되고

실질적으로 생산은 없는데
마음은 세상 바쁘다.
으으으~
뭐지?

개미와 베짱이 이야기 속
베짱이가 된 기분
보이는 결과가 없는데 대체 뭐죠?
음... 어...
아...
하는 것도 없어 보이는데 왜 바빴습니까?

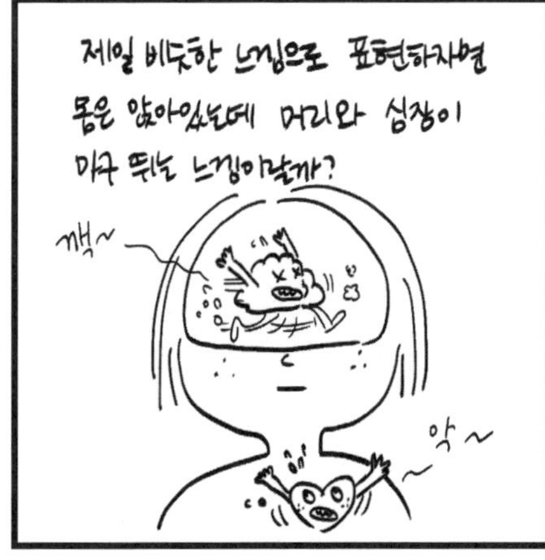

읏, 진정해야지.
이너피스~ 이너피스~

겉으로 보기엔 아무것도 안 하고 있는데 내 머릿속만 바쁠 때가 있다. 참 억울하고 나조차도 이해가 안 되지만 정말 그런 때가 있다. 심지어 결론이나 결과물이 나오는 류의 바쁨도 아닌, 그냥 생각만 미친 듯이 뛰어다니는 때. 하지만 겉모습은 소파에 앉아서 입 벌리고 넋 놓은 모습으로 보이겠지. 그렇다고 머리가 우사인 볼트처럼 뛰어다니며 열 일을 하는데 몸은 따로 다른 일을 하는 시늉을 할 수도 없고 참. 지금 멍때리냐구요? 아니요 바쁘게 일하는 중입니다.

[디즈니랜드의 추억]

회사를 한창 다니고 있을때,
엄마와 여동생과 함께 디즈니랜드를 갔었다.

내가 다니던 회사는 막내 사원이
휴가를 내기 힘든 곳이 였다.

그런데, 다니다보니 이건아니다 싶어
처음으로 휴가를 내고 떠난 여행이었다.

♫연가사용 신청완료

에라이 될대로되라

자르시던지...

두근두근

참 즐겁게 놀았었는데, 얼마전 동생이
그때 사진을 보내왔다.

그때의 나는, 지금보다 젊지만 늙은 얼굴로,
얼굴은 회색이지만 붉게 보이셔는.
웃고 있었지만 웃고있지 않았더라.

회사한지 벌써 햇수로 삼년차.
그 회사가 유난스러웠던건인지
내가 유난스러웠던건인지 시간이 지날수록
의문으로 남지만,

그때의 사진속 내모습을 보고,
참 오랜만에 속깊이 남은 괴로움이 생각났다.

[내가 꿈꾸던 30대]

내가 꿈꾸던 삼십대의
나의 모습은 ...
(10년전
대학생인 나)

스무살 즈음에 생각했던 나의
삼십대 모습은 이러했다.
오! 어서와
← 마중
← 왜인지
롱스커트
~ 약간
갈색의
느낌~
(ㅋㅋㅋㅋㅋㅋ)

왜인지 따뜻한 차만 마신다.
아,
요새
커피가
안받아서
차만 마셔
← 관리받는
커리어 우먼이라
피부도 좋음

몸에 힘이 없고 입맛이 없으며 ☆말랐다☆
(강조)
스르륵

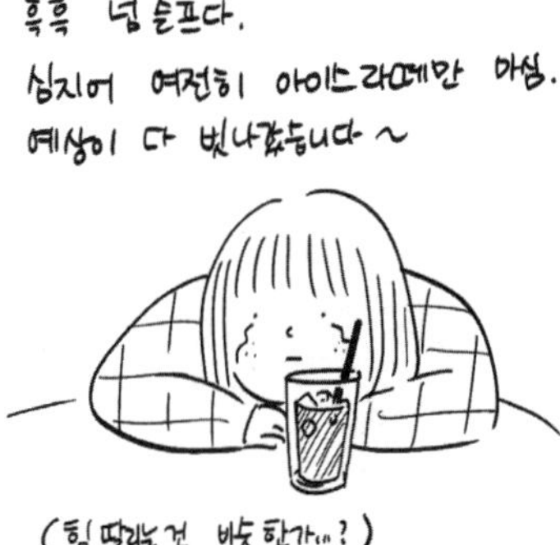

나는 미래를 상상하는 것을 좋아한다. 물론 상상과는 다 빗겨간다. 이제 삼십 대가 아닌 나의 사십 대를 상상해야지. 조금 더 현실적인 방향으로 상상해야겠다. 나의 사십 대의 모습은 조금은 살쪄있지만, 최신 개그에도 잘 웃는 사람이었으면 좋겠다. 말수는 지금보다 적은 사람이었으면 좋겠다. 수다를 너무 떨어서 목이 쉬는 그런 사람은 별로다. (그게 바로 지금의 나다.)

[나라는 사람]

나는 누구의 것일까?

최근에 또다시 강렬적인 자존감 하락이 오면서 나의 존재에 대해 생각하게 된다

나는 내가 움직이고 생각하며 행동하고있지만 전부다 내것은 아니라는 생각이 들었다.

주식회사가 전부 한사람의 소유가 아닌것처럼 나에게도 가족이라는 대주주들이 있고 친구들 같은 여러 주주들과, 또 그밑의 소액주주들이 있는 것이다. (지나치는 모든 사람들 까지!)

나는 나의 최대주주이기 때문에, 나의 주주들을 실망시키면 안된다고 생각한다.

형태유지를 하려고 끊임없이 노력하는거다.

주변 사람들이 없다면 아마 벌써 길바닥에 떨어진 푸딩마냥 흐물흐물 녹아있을텐데.

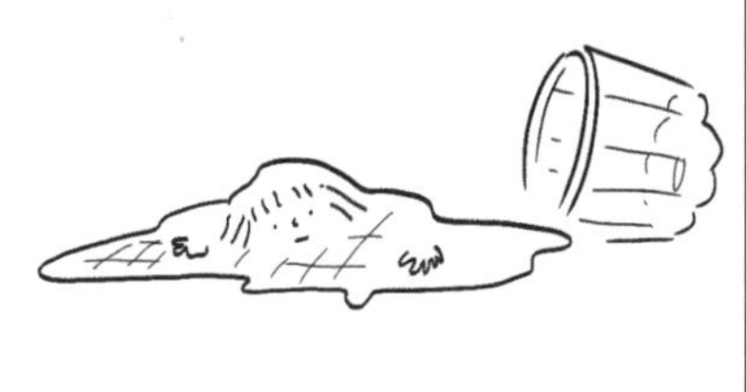

어느정도가 아니라 많은 부분을 가족들과 타인들 덕분에 살고 있다고, 생각한다.

다시
굳히는 중...

긁긁

Part 2.

뭉선생에게 배우는 잘살아가는 법

[우리 집 말티즈]

뭉게는 열살즈음부터 화장실 가는걸 귀찮아 해서
뭉게,
자기전에 쉬하고와.
쉬안했지?
...
(귀찮음)

내가 가라고 말을해야
쉬를 하러 화장실에 간다. (한 10초 고민 한다)
폴짝

들려오는 폭포수 소리
쏴아아아아아아아...
...안심

팡팡
마지막으로 누나들을
발로 차며 잠든다.

[우리 집 말티즈는]

우리집 말티즈는...

움직이는 발열 털쿠션 기능이 있다.
으~~춥다
와! 따뜻하다

여러가지 모습을 즐길수 있다.
미용전
후

가끔...
뜨끈
뜨끈
어디가 얼굴이고 엉덩인지 모르겠다

끼~이잉-
(저거 갖다줘라)
왈왈
(안아라)
니에 니에
아이고 분부만 내리십쇼
사람 머리위에 있다. 시키는게 많다.

똥싸고 나서랑, 싸기전, 자기전
분신술 가능
두다다다닥다다다-다
다다다다다

목청이 진짜 크다...
우리애는 마음이 진돗개거야
주택이라 다행이야.
왈 왈 왈 왈 왈
← 창문쪽

빠이~

[우리 집엔 피카츄가 산다]

우리집엔 피카츄가 있다.
말티즈
← 털뻠.

말티는 털이 세상 부드럽고
아기 냄새가 난다.
끄응~
부비부비

그런데 겨울만 되면...
악
찌릿
그냥 지나감

아... 정전기...!!
그래~
안아줄께
안아줘
안아줘

아악!
따닥!

심지어 늘 하는 아침세레모니 때도...
빤히...

ㄷ다가워!!
딱!
헉

널위해서야!!
너도 따갑잖아
← 도망
미스트
뿌리긴 해도
금세 피카츄로 돌아온다

.... 그래, 어쩔수 없지뭐 ^^

[우리 집 강아지의 10살 생일]

눈알을 살살 굴리며 세상 불안해 한다.
....
살랑
.....

그리고 숨긴다!!!
크ㅋㅋㅋㅋ
다보인다구~
크ㅋㅋ
ㅋㅋㅋ
(비웃)
북북
부서럭
외투
더미

그러다 들키면...
아, 안봤다~
누나 안봤어
....

다시 이 고독한 털복숭이의
재산은닉이 시작되는 것이다
...
안봤다구~

그 날저녁...
에이~
여기있네~
내이불
!

[평화 지킴이]

우리집 말티즈는...
z z Z
수달아님. 미용했음

싸움을 무지 싫어한다
에이고
너! 말이며 아빠한테 그렇게 짜증내고
참나
잘못함ㅇㅈ
...
내가 언제... 중얼..중얼
... 이건싸움?

왈왈왈
왈왈
왈왈왈
뭔가 난리난듯 짖는다.

심지어는...
얘들아~
누가나좀 두드려줘~
엄마 허리아퍼

오늘도 지구의 평화를 지킨다.

[아빠와 뭉게]

다시
긁긁

[물물교환]

우리집 말티즈의 물물교환

아무래도 개는 물물교환을 알고 있는듯 하다.

특히 → 얘.

아기때부터 배변할때 칭찬과 간식을 주었더니...

이제는 똥을 싸면 쉬일때 보다 역동적으로 발을 닦는다. (소리나게)

한마디로 '나 똥쌌으니 간식줘' 어필

소리내며 닦다가 나와 눈이 마주치면...
웃으며 달려온다
간식 내놔
ㅋㅋㅋ

어느날 치킨을 먹는데
뭉게가 내 등을 툭툭쳤다
아뜨뜨
(고정멘트)
뭉게는 안돼~
툭툭

계속 등을 두드려서 뒤를 돌았더니...
엥? 양말?
빨래바구니서
양말 가져옴
쓰윽-

당연히 무시했는데....
(난 너만큼 냄새양말 안좋아해!)
냠냠
그이후에도
뭔가 자기가
아끼는걸 가져왔다
툭

강아지 한테는 이게 다 돈일지도...

[첫 만남]

우리집 말티즈와 첫만남
옆에서 자고있다
쿨~

뭉게는 2008년 발렌타인데이에 태어났다. (엄마 친구분 집에서!)
한성깔 하는 삐삐
작고 순한 이쁜이
젖을 많이 먹던 곰돌이 (당시 이름)
엄마
누나
뭉게
4개월때 우리집에 오게되었다.
뭉게는 모견 삐삐를 많이 닮았다. (성깔까지)

나는 방학때 처음 만났는데...
(엄마) 뭉게야~ 큰누나왔다~
왈왈왈왈!!
당시 유학생
뭐야 무서워
웬 커다란 털뭉탱이가
날 향해 우렁차게 짖고 있었다. (아기라며!)

원래 부억 못들어 오게 치는 펜슨데 너 놀랠까봐~ 자~ 간다~ ♥
아무서워!! 아잠깐!!!
ㅋㅋ
다다다닥!

악~

꺡!
할짝

와~ 뭐야 이 부드러운 따뜻함
뭐야~ 얘 나 좋아하나봐
난 사랑에 빠졌다.
붕붕~

그 이후…
유학시절 내내 뭉게가 보고싶어서 혼났던 기억
뭉게야~
누나가 곧 갈게~
← 당시엔 캠으로 화상통화

지금은 의도찮게 나의 무직생활로
하루종일 같이있다.
백수가 조금 덜 괴로운 이유중 하나.
분리불안 심각
분리불안 있음

안녕~

[의사소통]

강아지와 대화가 가능하냐구?
일광욕中 뭉게

열살이면 많은 나이지.
강아지 나이로 말이야
3살 때 뭉게

그래서 그런지 뭉게는 알아듣는 말이 많다.
데리고 나와? 아 알았어~ 엄마
목줄이랑 해서 나와~

문장전체를 이해한다는 느낌이 든다.
대문앞에서 기다릴게~
쓰윽

그럼 내가 맨날 사랑한다 하는것도
이녀석은 알아들을까?

뭉게야
사랑해
ㅋㅋ

[각자의 사진 취향]

우리집 강아지의 사진

뭉게의 잘나온 사진에대한
토론이 시작되었다.
와~ 누나 뭉게 왜하필 이사진이야?
할배같잖아
평소 기숙사사는 남동생

할배?
그런가? 난귀엽게 나온거 고른건데

봐, 이런거 귀엽잖아

그시간 당사자... 아니 당사견

[뭉게는 열 살]

우리집 말티즈는 열살!

뭉게는 열살이다.

그래서 점점 '노견'의 모습이 보인다.

작년만 해도 혼자서도 잘놀고
인형으로 축구도 했었는데

이젠 산책갈 때만 적극적이다.
점점 잠이 많아진다.

작년에는 놀다가 작은 송곳니가 부러졌다. 내 앞에서 툭 뱉었는데 나도, 뭉게도 놀랐다.

불안하고 초조하고... 그래서 그냥 막연하게,

"우리 애기 누나가 뭘 해줄까?"

누나가 뭐 해줄까? 우리아기

...

[뭉게와 고양이]

우리집 말티즈와
길고양이
!

뭉게는 신나게 산책하다가

지나가던 동네 고양이를
만나면,
!

빽! 하고 한 번 짖고,
안아달라고 한다...
ㅋㅋ
(다급)
아으으~
왈!

항상
이런식이다.
아~아~아~!
으악~
머리!!
여유~

그런데 어느날 산책후
귀가 하던 중 마당에서 고양이가
나타났다.
휙—!
으악!!
왈!

뭉게가 또 난리쳐서 고양이가
놀랄까봐, 나는 이렇게...
끄덕끄덕
워이~
이제 가~
가라~
고양아~

하지만 그 고양이는
눈만 껌뻑 거렸다.
깜빡
깜빡
뭐,뭐야!!
이게 그 고양이
눈인사?!?
뜨끔!!

그렇게 한참 서로 바라봤다.

.....

(미...미라클!!)

우리 뭉게는 목욕을 잘 안한다.

나태...

(요새 좀 더우신가보다)

목욕은 어렵지 않다.
몽게는 생각보다 가만히 있는다.
우와~
아이고~ 웬일~ 세상에~
너무 착하시네요
(온갖 감언이설)

단지 수시로 안겨오기 때문에
나도 덩달아 샤워한다.
왁! 손님!!!
철벅!

오잉~? 이게 누구?

파다다다

응, 그래 너구나.

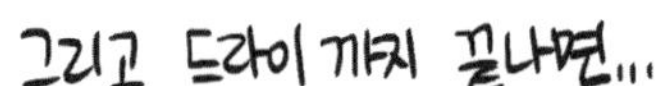
그리고 드라이까지 끝나면...

홱
(던짐)
우다다다다다
휙–
슝–!

[올빼미인 나와 뭉게의 밤]

올빼미인 '나'와
우리집 말티즈의 밤

내가 늦게까지 안자고 있으면
옆에서 잠든다.

그러다 영 늦어진다 싶으면
방에들어가서 이렇게 쳐다본다.

결국 엄마방으로
자러들어가는데, 한시간정도가
지나면 다시나온다.

그리고 얼굴이 이렇다.
어들렁~
뭐야 ㅋㅋ
왜 다시 나와 ㅋㅋ
ㅋㅋㅋ
얼굴~ㅋㅋ

자야겠다 너 때문에 ㅋㅋ

[세탁 날]

우리집 말티즈와
세탁DAY

백수로 살면서 청소, 설거지
그리고 빨래를 자주 한다.
달달달
달달달

5인가족의 빨래양은
어마어마 하다.
귀찮...
달달
달달...

뭉게는 빨래 너는 일을 좋아한다.
발코니에 나갈수 있기 때문이다.

뭉게는 세상의 온갖소리와
냄새를 다 가지려는듯,
눈을 게슴츠레 감고 코를 벌름거린다.

오후...
개러가자~

악! 또
개놓은거 위에!!
왜 맨날~
뱁뱁~

뭉게는 지금 여름미용을 앞두고
최대로 털이 쪄있다.

몇달간 부분미용만 했다.

박박미는 미용은 해주지 않아서
삽살이화가 꽤 빨리 온다.

산책할때 보면 되게 웃긴다
거대한 이불폼이 빠르게 움직이는
느낌이랄까.

또... 털이 반곱슬이라서 ㅋㅋㅋ
(조상중에 푸들이 있늘 ...? 혹시...?)
그래서 털을 기르면 옆으로 커진다.

뭉게의 털찜이 최대치에 이르면
뭉게는 마음이 넓어져서 아주 관대하고
여유로운 사장님포스.

미용하고 난 한주이틀은
예민하고 소심해져서, 삐쳐가지고
내가 말걸어도 대꾸도 안한다

사장님! 삐치셨나요?
노여움을 푸세요!

세네달에 한번씩 너의 자신감을
뺏어가서 미안해
하지만 하긴 해야돼.

뭉선생에게 배우는
잘 살아가는 법

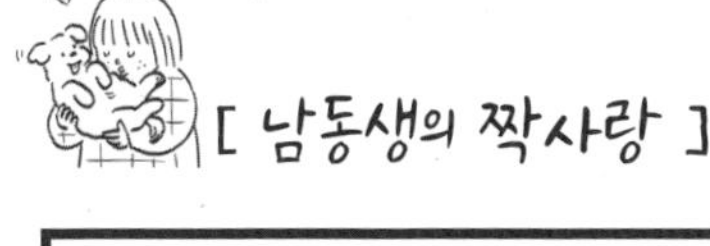
[남동생의 짝사랑]

이 지독한 짝사랑을
어찌 할꼬 ~

남동생은 뭉게를
정말 사랑한다.
뭉게야~
형아왔쪙

하지만 뭉게는...

남동생을 무시한다.
으르르~
말 걸지 마라

매번 꺼지라고 한다.
드릉드릉~
아으~
으르~

하지만 남동생은 긍정의 아이콘
개의치 않는다!!
어~그래~
그렇게 엄마가 좋아?
으으~~
뽀뽀

나는 둘 사이가 너무 웃기다.
누나 다녀올게!
뭉게 산책 좀 시켜
어.
올때 초코우유
다른 식구 없으면
남동생과 급
친해짐.

만두같은 내 남동생들.
(가끔 둘을 부를때 할머니처럼
이름을 바꿔부르는 실수도 …)

[함께 자기]

뭉선생에게 배우는
잘 살아가는 법

강아지와 함께자는 로망?!

사정상 여동생과 침대를 같이 쓰는 나... 더블침대라 매우 비좁다.
그리고 제멋대로인 강아지까지...!

동생이 해외로 출장을 가게되면 나는 넓게 잘 기회가 생긴다.
야호이~

넓게 자야지 후후후...

동생과 나는 아직 침대를 같이 쓰는데, 우리가 쓰는 침대는 오래되고 작아서 허리도 아프고 온몸이 다 쑤신다. 하지만 침대같이 큰 가구를 바꾸기엔 둘 다 여유도 없는 터라 침대는 교체해야 할 가구 목록 우선순위에서 매번 제외되곤 한다. 가뜩이나 좁은 침대를 덩치가 산만한 여자 두 명이 쓰려니 얼마나 갑갑한지 모른다. 게다가 뭉게까지 가세해서 셋이 자는데 뭉게는 정말 사람 한 명 만큼의 자리 차지를 한다. 빙글빙글 360도로 돌지를 않나, 자면서 네 발로 우리를 퍽퍽 차지를 않나! 아침에 일어나면 나와 동생은 새우잠, 뭉게는 다리를 쩍 벌리고 편안하게 자고 있다. 오늘도 숙면하셨나요 뭉선생님?

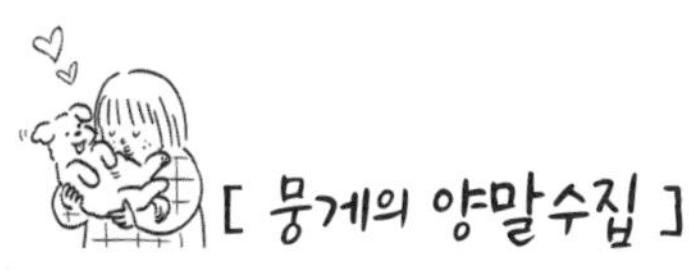
[뭉게의 양말수집]

뭉선생에게 배우는
잘 살아가는 법

우리집 말티즈의 양말수집

지금 이 털복숭이가 왜 신났는가하면
부시럭
부시럭

내가 방금 퇴근해서
빨래바구니에 보물을 떨궜기 때문
악~
사부작

아주 어릴땐 더럽다고
매번 압수 했는데,
누나 주세요!
지지~
안돼!
쫄깃!
꿀맛!

5분뒤...

(금세 질려하는것도 정해진일ㅋㅋ)

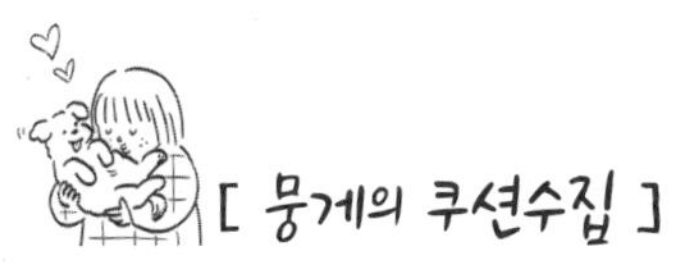

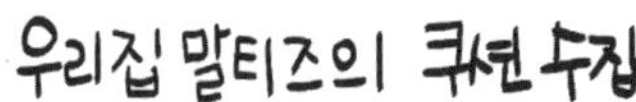

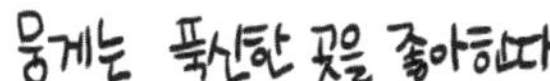

그래서 그런지 쿠션욕심이 대단하다.

안주면 작게 화낸다.
발을 동동 구른다.
싫어~
니꺼 있잖아 저기
왈!

5분뒤...
욕심쟁이...
불편~
편안~
원래 →
누워있던 곳

zzz
팡팡

[뭉게의 앞니]

벌써 앞니가 3개나 빠졌다. 빠질때마다 심장이 찢긴다. 매번 그렇다.

놀랐어? 누나도 놀랐어

... 하지만 이아이의 성격은
바꿀수는 없다는것...

[스케일링 하는 날]

우리 뭉게가
어제 스케일링을 하였는데
(+ 지방종 수술)

나는 그 전날까지 제대로
잠을 못잤다.

스케일링은 10살 강아지에겐
큰 부담이기 때문이다.

게다가 나의 직장특성상 연차따위
없어서 (학원강사) 엄마혼자
수술동의서를 써야했다.

다행히 병원이 학원 근처라,
저녁시간에 뛰쳐나가 엄마와
근처 까페에서 잠시 만났다.
(한시간후 가야했지만)
피검사이상없대. 수술들어간대
으~ 불안~

학원으로 돌아간 나는,
시간이 가는지... 안가는지...
전혀 감각이 없이 안절부절
뭉게...ㅠㅠ 뭉게야ㅠㅠ
여긴 이런식으로...
알았지?
여기는 그리고
아~ 감사합니당 쌤~

그리고... 한시간뒤...
엄마
끝났다~ 귀가
엄마
헐ㅠㅠㅠ
여동생
쌩쌩이군ㅋㅋ
다행이다ㅠㅠㅠ

뭉게는 마취안한 개처럼
집안을 뛰어다녔고, 잠깐 부르르 떨었으며
사료를 와닥와닥 먹고, 꿀섞은 약을 핥고
악~ 빨리!
소독하자~
지방종 뗀곳에 소독을 당했다.

건강해서 정말 다행이야!

[약 먹이기는 정말 힘들어]

우리집 뭉게가
일주일간 약을먹어야 하는데
지방종 때문.

처음엔 병원에서 제안한 방법인
꿀에 약을 개서 먹이기 작전을
시행하였다.
북북
박박

오…오! 먹는다! 우홋!
할짝
할짝

하지만 뭉게는 이 방법에
두번은 속지않았다.
아안돼
이거먹어
마누카꿀이야
쌩-

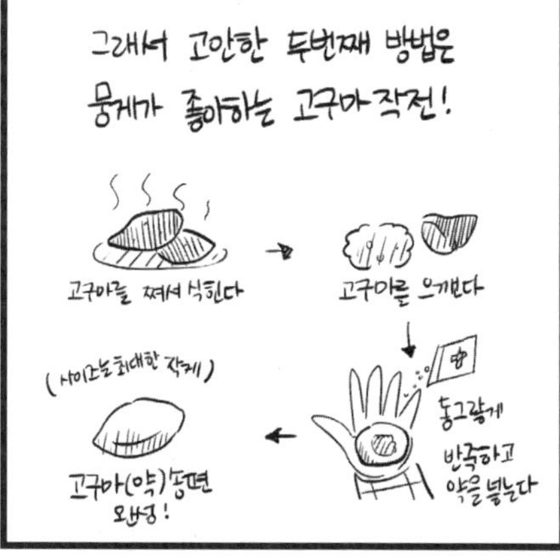
그래서 고안한 두번째 방법은
뭉게가 좋아하는 고구마 작전!
고구마를 쪄서 식힌다
고구마를 으깬다
(사이즈는 최대한 작게)
동그랗게
반죽하고
약을 넣는다
고구마(약)송편
완성!

이 방법은 너무너무 잘통한다.
그냥 꿀꺽! 하고 맛있게 먹는다.
더는 안돼~
다음기회에~
살랑살랑

주의할점은 약이 조금이라도
겉에 묻으면...
악!
퉤퉤퉤
내 베개
굳이 침대로 가서 뱉는다...

[뭉게의 미용]

우리집 말티즈가 미용을 했는데

(이것은 앉은걸까 서있는걸까?)

뭉게가 야생견화 되었고

나는 미용시기가 다가왔음을 직감.

(축노끈같은 느낌도 남)

원래 가던 미용실예약이 차서

한번도 가보지 않은 곳에 맡겼는데

(픽업하러간 동생과엄마)

짜잔!

내가 너무 웃어서 뭉게는 시무룩...
한데 입술이 동그랗게 검어서 웃기다

뭉게 올해 겨울 털코트장만 했네ㅋㅋ

뭉게야~ 화나써? ㅋㅋㅋ

[뭉게의 미용 그 후]

우리집 말티즈의 망한미용 그 후...

뭉게가 미용을 한지 일주일이 지났고
뭉게의 털은 힘을내서 자라났다

특히 입술이...

그렇지만 아직 대머리독수리 느낌은
여전하다.

푸학!

양같기도 하고... ㅋㅋㅋ

[감기에 걸렸다]

자는 소리가 찌륵 찌륵 피융피융
이상해서 병원을 찾았더니,
단순 코막힘이라더라.

당분간
산책은
금지다

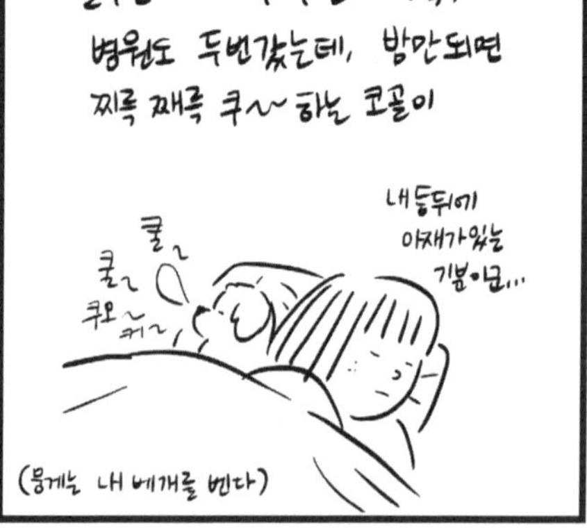

뭉게가 열 살을 넘기면서 한 번도 걸리지 않았던 잔병들이 찾아왔다. 세상에, 감기라니! 항상 신세 지는 병원에서 약을 처방받고, 당장 따뜻한 증기가 나오는 가열식 가습기를 주문해서 뭉게가 자는 내내 틀었다. 강아지용 우유에 약을 섞어주니 잘 먹어주기도 했고, 일 시간 조정이 가능한 엄마와 내가 교대로 뭉게를 돌보기를 몇 주…. 뭉게는 언제 그랬냐는 듯 다 나아주었다. 만화를 그릴 당시 뭉게가 다니는 병원 담당 선생님께서는 단순 코막힘이라고 하셨지만, 그 후 여쭤보니 선생님께서도 걱정이 크셨다고 한다. 나이 든 개에게 기관지 관련 염증은 위험할 수도 있다는 말씀에 가슴이 철렁했었다. 면역력이 떨어지는 뭉게를 위해 영양제를 구매할 계획이다. 잘 먹어주었으면 좋겠다.

[전기장판이 좋아]

전기장판을 꺼냈다

우리집은 주택이라 겨울에 정말 춥다.
그래서 늦가을부터는 슬슬 거실에
전기 장판을 깔아 놓는다.
나래언니♥
오늘의
연예대상
~시작함~
패딩껴입고
이불까지
세팅

전기장판을 틀면 가장 좋아하는
식구는 바로 우리집 강아지.

처음엔 쏙들어가서 궁둥이만 보이다가

나중엔 코와 발만 보였다가
발랑

갑자기 일어나서는
스윽
벌떡
뭉게 왜? 쉬마려?

매우 더워한다
헥
헥

몇 분 뒤…
못살어
ㅋㅋ
(이불을 들어라~)
툭툭

[아침부터 병원 간 사연]

아침부터 뭉게를 데리고 병원에 다녀왔다.

뭉게가 미용을 하고 온 날, 평소처럼 뭉게를 껴안다가 깨달았다.

몇달동안 뭉게 털이 북실북실 했어서 그래서 나는 몰랐던 걸까?

왜? 언제부터? 이 커다란거 뭔데? 뭉게 어깨에 둥그런 혹이 잡혔다.

왜 몰랐을까 등신같이 나는

선생님께서는, 육안이나 촉감은 단순 지방종일 확률이 높으나, 앞으로 크기변화를 지켜보자 하셨다.

작년 말 이미 마취스케일링을 한 상태라 수술은 적어도 6개월 이후 라고 한다. 나와 우리가족이 할수있는 일이라곤 다음달에도 크기가 커져있지 않기를 바랄 뿐이다.

정말 그것 뿐이라니, 괴롭다.

아니겠지,
정말괴롭다.

강아지의 어깨에서 모르는 혹이 만져질 때의 공포감이란. 게다가 눈치채기 힘든 곳에 있어서 이 혹이 언제부터 생겨났는지 모를 일이라, 더 무서웠다. 담당 선생님께서 촉진 상으로는 단순 지방종이지만, 크기변화를 지켜봐야 한다고 하셨다. 뭉게를 위해 해줄 수 있는 것이 그저 기다리는 것뿐이라 더 괴로웠다.

지금은 거의 육 개월이 지났지만, 다행히 뭉게의 어깨 혹 크기는 변하지 않았고 몸 상태도 아주 좋아서 수술도 치료도 필요 없게 되었다. 하여간 뭉게 때문에 가슴이 철렁 내려앉는 일이 많아졌다. 뭉게야, 이제 그만 놀래켜도 된단다.

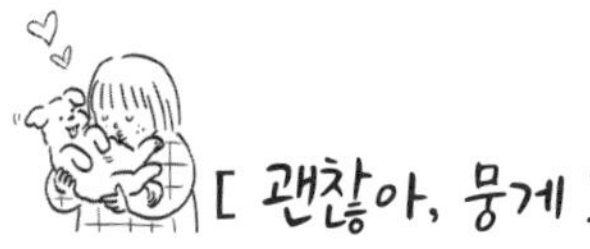

[괜찮아, 뭉게]

우리 아기는 괜찮을거야

물혹 발견 사건이후
며칠이 지나니 내 마음이 차분해졌다
우당탕
부비비빗

... 아니, 건강하다고 확신한다
ㅋㅋ 털 다눌렸어ㅋㅋ
헥헥

그치만 얼마나 놀랐는지...
뭉게나이가 먹어가면 갈수록
가슴철렁한일이 많아진다.
히히 재밌게 놀았어?

그렇게 생각한다.

[뭉게의 생일파티]

우당탕탕 강아지 생일파티

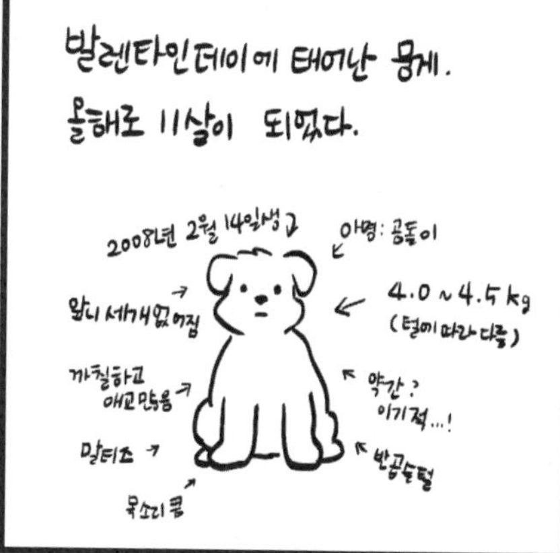

발렌타인데이에 태어난 뭉게.
올해로 11살이 되었다.
2008년 2월 14일생
아명: 곰돌이
앞니 세개 없어짐
4.0~4.5kg
(털에 따라 다름)
까칠하고
애교만동용
약간?
이기적...!
말티즈
반곱슬털
목소리 큼

항상 특별간식으로 퉁쳤는데,
올해는 강아지용 케이크를 주문하고
작은 파티를 해주기로 결정.

케이크를 주문한
나의 상상은 이랬다
생일축하해~
HAPPY BIBTHDAY
생일축하해~

나비타이 달아주기도 애먹고,
이름 인쇄된 축하모자는 애저녁에 포기

냠냠 짭짭

홱

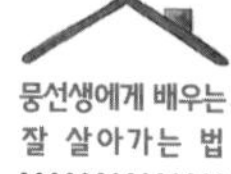

뭉게야 열한살 축하해
누나랑 있어줘서 고마워

[눈곱 떼기 대작전]

부빗부빗 눈꼽떼기
부빗부빗

뭉게는 눈꼽이 잘낀다.
눈꼽은 딱딱하고 검게 변해서
그날그날 떼줘야 한다.
요렇게
눈머리부분에
낀다

눈꼽이 끼면 뭉게는 얼굴을
이불이나 소파에 비비거나,
앞발로 비비는데, 꽤 불편한가보다.
비비비빗
부비비빗

그래서 떼주려고 안으려고 하면
그새 눈치채고 도망을 가기 때문에

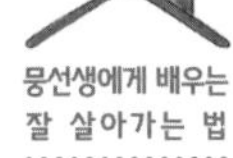
뭉선생에게 배우는
잘 살아가는 법

나는 연기를 해야한다
어머~
어머머!
저게뭐야?!
벌떡

대애박!
난리났다 진짜
저기봐~!!
쫑깃

이렇게 하면 매번속아서...
안볼래? 안볼려면 말고~
크크크
끼~잉

우후후호
속았지~
쓩

지지떼자~
세수~

[누나 껌딱지 뭉게]

뭉선생에게 배우는
잘 살아가는 법

우리 뭉게는 누나 껌딱지

요새도 뭉게는 새벽에 작업하는 나를 기다린다.
....

그런 뭉게가 나는 안쓰러워서...
뭉게~ 자러 들어갈까?

동생이 자고있는 방으로...
먼저 코자~
ㄹ
ㄹ
ㄹ

이불도 꼼꼼히 덮어주고 나온다.
잘자~
울애기

그리고 나는 다시 작업하러
거실로...
에고 졸립다

음? 뭐지?
??
ㄹㄹㄹ

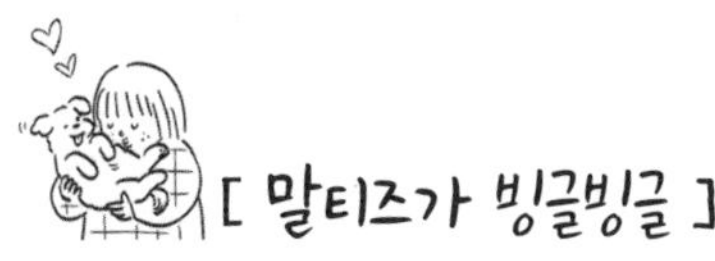

[말티즈가 빙글빙글]

말티즈가 빙글빙글

[개망신 깔때기]

우리집 뭉게가

개망신 깔때기를 끼게되었다.

뭉게가 생전 걸린적 없던

결막염에 걸렸다.

열살이 넘고나니 확실히 면역력이

떨어졌는지, 깜짝 놀라는 일이 많다.

처음엔 깔때기를 플라스틱으로

씌웠는데, 생각보다 장기전으로 갈것같아

인터넷서 순면 깔때기를 주문.

플라스틱일 땐 답답해 하더니
면깔때기는 편한지 벗으려고 안한다.
그래도 안쓰럽긴 매한가지

그런데 안쓰러운 것과는 별개로,
모습이 너무 웃기고 귀엽다.
꼬마 우주비행사 같기도 하고

특히 걸을때 중심을 맞추느라
고개를 저어가며 씰룩거리는게
정말 웃음지뢰...

밥도 혼자 못먹고, 계단도 혼자 못올라서
물끄러미 도움을 요청하는 모습도
귀엽고 웃기고 짠하다.

눈병이 난 와중에도 날 행복하게 해주는구나!
빨리 나아서 깔때기를 벗어던지자!

[안약 넣기]

뭉선생에게 배우는
잘 살아가는 법

뭉게가 눈병에 걸려서
안약을 넣어야 했는데

예상은 했지만 역시 쉬운일은
아니었다.
어어어어~
푸더덕

엄마와 둘이서 도전...

했으나 실패...
어머
어머
으아악

결국 기진맥진
에라이
헥헥
피하느라 지침

결국 나는 새로운 접근으로 다가갔다.
바로 "설득" 작전이다.
일단 세면대에 뭉게를 올려놓았다

그리고 차근차근 설득.
이거하고
이거줄게 간식

그랬더니 글쎄...!
뭉게가 순순히 안약을 넣게 해주었다.
쭈쭈~
착하지~

그래서...

뭉게의 눈병이 싹악 나았답니다!
안녕 개망신 깔대기야!

[털찐 뭉게]

뭉게는 말티즈인데,
털이 반곱슬이라 털이 북실북실 해진다.

그런데 나는 그 모습이 제일 귀엽다.
미용실에서 예쁘게 미용한 모습보다
뭔가 "뭉게" 다운 느낌.

뭉게는 뭉게라는 이름답게 털이
밑으로 처지지 않고 자랄수록 뭉게뭉게 하다.

털에 대한 이야기는 종종 그려왔지만,
이번엔 특히 털찐 얼굴의 관한
이야기다.

털찐 얼굴은 진짜 웃기다.
항상 무표정인 얼굴이 더 웃겨진다.
멍~
멍~

뭔가 멍~한 느낌으로 날 바라보고 있는데
(꼭 멀리서...)
...
ㅋㅋ 뭐야
뭘 원하는 거야 ㅋㅋ

나는 그럴때마다 못참고 달려가서
쌩
(도망)

그 털찐 얼굴에 뽀뽀를 퍼붓는다.
(뭉께의 의사와 상관 없다. ㅋㅋ)
쪽쪽 쪽
쪽쪽

[봄맞이 미용]

뭉게가 봄맞이 미용을 하게 되었다.

산책가는 줄 알고 있다.

대기 시간 동안 친구와 카페에서
수다를 떨다 두시간 뒤 미용이 끝났다.
곤처야, 곰방 데리고 올게~
갔다와

투명한 가게 문 사이로
벌써 실장님에게 줄을 선 궁뎅이가 보였다.
… 역시 빠른 줄서기…!

열한살이라는 나이가 놀랍다는
이야기를 들었다. 뿌듯하면서 죄송했다.
뭉게가 자꾸 울타리를 넘어서 저한테 오더라구요~
아아~ 캣타워도 올라가고 그래요
죄송해요 으악
아녜요 너무 웃겼어요

미용이나 병원진찰 직후엔 낯선사람과
잘 지낸다. (평소엔 짖는다… ㅠㅠ)
친구에게 인사시킨후 무사히 미용 종료…!
한번 안아볼래? 지금이면 괜찮을듯
안녕~
오~ 안짖는모습 처음이야
친구

[센터 본능]

엄마에게 코바늘 특강을 받는데
우리집 말티즈가...
오~

그니까 이게
이 사이를 걸고 나와서~
아직
이해가 1도 안감

자 해봐.
아이고
난못함
엄마가 계속 해봐.

난 왜 엄마처럼
안될까? 수입코바늘 사면 되나?
쯔쯔
연장탓하고 있네
폴짝

어떤 상황에서도 우주의 중심은 뭉게!
누구에게도 센터자리는 내줄 수 없다!

[뭉선생에게 배우는 잘사는 법]

넷. 좋고 싫음을 분명하게
막! 이건 싫어?
퉤
Dog

다섯. 남의 말에 귀기울이기
재잘 재잘
뭐라뭐라뭐라

여섯. 외면보다는 내면이 중요
꼬질
꼬질
← 산책다녀옴
(좀 다른가...?)

마지막! 가족을 많이 사랑하기
누나 다녀왔다
삐이ㄹ
붕붕

Part. 3

그래도 가족이 있으니까!

아빠 이야기 >>

다시한번 우리아빠.

우리아빠는 말이 안통한다.

다같이 같은 것을 봐도

혼자 뚱딴지 같은 말을 한다.

그 소통불가의 수준이란 마치

아빠 혼자 외딴섬에 사는 듯한...

아빠의 뚱딴지에 온 가족이 폭소해도

아빠는 혼자 모른다.

10여년전 아빠는
큰 무역회사의 부장님이었다.

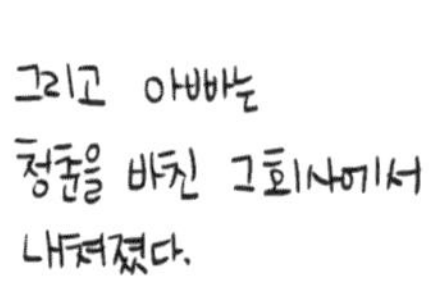

우리아빠 나이
50세 였다.

절망과 좌절로 시간을
보내던 아빠는 큰 결심을 했다.

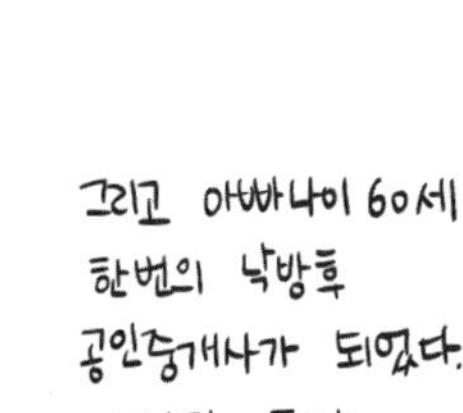

가족의 반대쪽에서도
우직하게 공부했다.

그리고 아빠나이 60세
한번의 낙방후
공인중개사가 되었다.
아빠가 해냈다.

10년간 멈췄던 아빠의 시간이
다시 흐르기 시작했다.

아빠의 시험합격날 저녁...

딸과 아빠의 소통장벽 ㅋㅋ

엄마 이야기 >>

우리엄마는 기본적으로 까칠하고,
도도한 성격이다.

그런데 발이 정말 넓고 동네에 모르는
사람이 없어서 신기하다.

함께 외출이라도 하게 되면,
나는 집으로 돌아오는 내내
마치 정치인 선거유세 하듯 인사해야 한다.

덕분에 가끔 이런 일도 있다.

(쉬는 날)

어머~ 엄마랑 아주 똑닮았네~
어떻게 아셨지?
아아..! 넵..!
SNACK
이럴줄알았음 씻고나올껄 흑!
헉
어머! 예예구나?

엄마 이야기 2 >>

내가 어렸을때 엄마는 정말 무서웠다.

우리가 싸우거나 떼를 쓰는 등의
잘못을 하면, 정말 호되게 혼이 났다.

지금 어릴때 맞고 자란 이야기를
꺼내면, 엄마는 항상 이러신다.

우리는 억울해서 반박하고,
엄마는 시치미를 떼는 정해진듯한 패턴.
하지만 나와 여동생은 엄마의 훈육방법이
옳았다고 생각한다.

생각해보면 지금의 내나이에
엄마는 이미 아이가 둘이나 있었으니,
나로선 상상하기 힘든 부담과 중압감이
있었을 텐데...

엄마는 요새 가끔씩 나의 어린시절을
떠올리며 이야기 한다.

'네가 너무 계단을 느리게 올라오는거야.'

엄마는 그이야기를 꺼내시며 또 웃으셨다.
나는 과거의 내가 불쌍해서가 아닌, 나때문에 울었을 과거의 엄마와 우리를 이렇게 사랑넘치게 키워주었음에도 죄책감에 우시는 지금의 엄마가 안쓰럽고 속상해서, 코가 매워졌다.

내가 아는 우리 엄마는,
누구보다 사랑이 넘치는 사람이다.

얘, 머리에서
똥냄새 난다
킁킁
!

[동생 부려 먹기]

오늘도 나는 다급히 남동생을 부른다.
재재야~
큰일났어, 나와봐

재재야~
누나 진짜 큰일났다고
빨리 나와봐~
뭐하지 말고

아 왜!
또 커피지?
벌컥

크... 들켜버렸군... 나의 검은 뚝내를...
그렇다면...
니꺼 초코우유
하나 사마셔라, 콜?
스윽

심부름 5분, 초코우유 타임 5초

[아빠의 수집]

아빠는 아주 오래전 부터, 주워오길 잘하셨다.
누가 버린 싸구려백자
아빠는 수석이라 하지만 사실그냥 돌덩이

엄마는 그 때마다 화가났다.
내가 미쳐-!!!
이양반이 또시작이야!
진짜 이혼하고싶어?!!
고라니 모드 (안들림)
쓱싹
쓱싹

그 후 인터넷의 발달로
우리 아빠에게 신세계가 열렸다.
중고까페

아빠는 기어이 누가 공짜로 내놓은
(고물) 실내자전거를 받아온 것이다.

그것은 정말 공포의 자전거였다.
지옥의 소리를 냈기 때문이다.
헛둘헛둘
끼이이이

그러나 모든 가정용 운동기구가 그러하듯
어느새 자전거는 옷걸이가 되었고

결국 참지못한 엄마의 계획하에
우리는 그것을 내다 버렸다.(물론 아빠 몰래!)
당장 갖다버려엇!!
우리만 혼나는거 아냐?

그 날 저녁, 퇴근하고 오신 아빠는 빈공간을
한참을 바라보시더니, 별말씀은 안하셨다.
물끄러미
자전거자리

그 다음날도 마찬가지 였다.
아! 아빠가 이해를 해주셨구나! 이런 면이 우리아빠에게 있었다니!
멍-
감동~
자전거 자리
쓰윽

그로부터 두 달뒤 어느날...
???
어? 여기있던 자전거 어디갔냐?
긁적
에엥~?!
그런거였어?!

[빈자리]

그래도 가족이
있으니까!

설이 되면 떠나간 사람들이 그립다.

우리 아빠의 어머니. 우리 할머니
하느님~ 우리손녀가 일본에 간다고합니다
하느님의 공덕으로 마귀를 쫓아내주시옵소서~
할미가 오래 살아워 헌디야 빨리 죽어야 떨괴롬소
교회+절
골라보기도
또
오거예요
할머니
대학생
'나'

이제 진짜로 귀국이었는데
할머니,
저 한국에
들어왔어요.
내일 아빠랑
시골가려구요
잔짜냐! 하느님 감사합
니다~. 근디 시방
감이 하나도 안익었을껴
난중에 와라이?
감이 익으면
오라구요?
그 전화통화가 마지막이었다.
감이 익으면 오라셨는데, 그전에 할머니가 가셨다.

우리 엄마의 엄마. 그래서 더 특별한
우리 할머니.
얘, 느희 할머니
돌아가셔서 슬프고 그립지?
친할머니
네, 근데
괜찮아요.
할머니가 있으니까.
헤헤

이듬해 봄, 할머니 마저 암으로 떠나셨다.
예예왔니?
세상에 밥을차려 줘야지.
밥을...
벌떡
진통제가 독해, 섬망증상으로 정신이 없으셨는데
벌떡 일어나셔서 나에게 밥을 해주신다하셨다.

빈자리들.

...

와구
와구

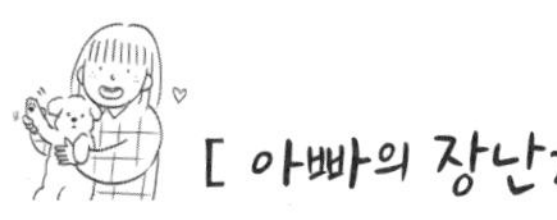

[아빠의 장난기]

아빠의 장난기가 점점 심해진다.

만화에서 여러번 언급되었지만
울아빠는 고라니 같아서
?

조용하달까… 과묵하달까… (소통이 잘안됨)
하여간 그렇다. 그런데!

요즘 점점…
TV
뭐하지~

장난끼가 심해졌다!
에잇! ㅋㅋㅋㅋ
악
빡!

아빠와 엄마는 물과 기름같이 서로 맞지 않는데, 부부로 삼십여 년을 살아오셨다는 게 너무 신기하다. 예를 들어 엄마는 본인의 감정을 직설적으로 표현하는 성격이고, 아빠는 감정 표현에 너무나 인색한 사람이라서 두 분이 말싸움을 할 때도 엄마가 열 마디 하면 아빠는 듣기만 하다가, 답답한 엄마가 오십 마디 할 때쯤 아빠가 엄마의 속을 긁는 한마디를 하고, 화가 난 엄마는 백 마디를 하는 상황이 연출된다. 그런 사소한 엄마 아빠의 다툼은 항상 어느 분이 이기고 짐이 없이 결말이 흐지부지하다. 어쩌면 그 점이 삼십 여년 부부생활의 비결일지도 모르겠다.

[여동생의 댄스]

내 여동생은 나와 달리 활달하고 외향적인 성격이어서 춤추는 것을 좋아한다. 학원에서 앞부분만 조금 외운 댄스를 할아버지가 돌아가시기 전 병실에서 보여드린 기억이 난다. 덕분에 할아버지께서 보시고는 많이 웃으셨는데, 나는 그때의 추억을 만들어준 동생이 고맙다.

그리고 3달등록한 댄스학원
3번간 내동생.

[아빠의 요리]

우리아빠의 취미가
하나 있다.

우리아빠는 요리를 좋아한다.
아빠 다녀오셨...
← 퇴근
으잉?
아빠 뭐만들려구?
응 된장찌개

문제는... 맛이 없다는 것...
뭘하시려고 이렇게 많이
히익
아빠 뽀뽀
빠방 빠방~

하지만 난 그를 막을수 없다.
달그닥닥닥~
뚜구닥 딱딱
달그락
이미
된장의 향기가
끓기고있어...!
이미끝이야

아빠의 된장찌개라 부르지만
잡탕 점보사이즈가 완성되었다!
※항상 아빠만 드심
(양은 거의 10인분)
아아~
뿌듯
완성

다른가족들은 아빠의 요리에
관대한 편이다.
놔둬~ 느이아빠 취미야
맞아 언니 걍 안먹음 돼
그런데...

아빠는 TV에서 전자렌지로
계란찜 만들기를 배운후...
10인분
정기적으로 계란찜을 만드셨다.

아빠의 계란찜 약 20개 이후
처음에 맛있다 뻥 침ㅋㅋ
아빠~ 계란찜 이제 만들지마
너무~ 맛없어~ 진짜~
...왜 계란찜에 양파는 넣고 당근은 안넣고...
항상 아빠편 둘째딸마저 아웃!

아빠의 요리는 그 이후에도 계속되었다…!

요새는 오히려 된장찌개보다 고린내 나는 계란찜을 더 많이 만드신다.

어떻게 하면 그런 냄새가 나는 거지?! 미스테리다.

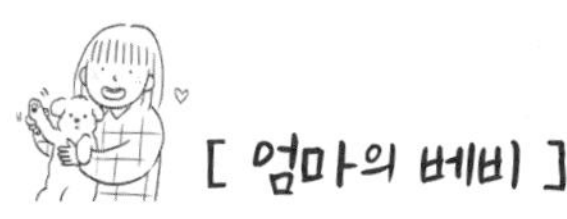
[엄마의 베비]

그래도 가족이 있으니까!

엄마는 예전부터 우리를
베비!

'베비'라고 불렀다.
베비-
밥먹어
~

물론 우리도 아무렇지 않았다.
여동생 ㅋㅋ
네~
(남동생은 완전 아기때)

얼마나 아무렇지 않았냐하면
어머! 까페에 폰 놓고왔다! 베비 좀 가져와
ㅇㅋ
최근까지도 아무렇지 않았기 때문

위화감을 느낀건 작년 동물병원...
으구~
베비~
수고했어요~
뭉게애칭이 베비인가봐요
첨에 저보고 베비라
하시는줄알고
하하하
ㅋㅋㅋ
^ 똥꼬 짰을뿐(엉살)

엄마 ㅋㅋ
아까 선생님이 엄마가
나도 베비라 부르는거알면
기절 했겠다ㅋㅋ
그런가...?

엄마,
이제 우리 베비라고
안부르는게 낫겠어.
ㅋㅋ
....

그래,
이제
안써야겠다
그때 엄마표정이 약간 서운한듯 했다.

근데 막상 못들으니 내가 서운하네?

[또 시작이야]

여동생이 드라마를 보기 시작하더니
아 ~
정해인 ~

며칠전...
야, 혹시 내 카드못봤어?
우히히...!

왜 대답을 안해?
으헉! 하! 헬!

말시키지마 언니
나지금
연애중
이니까...

다음날도...
으에~ 헤~ ...으하!

그 다음날도...!
퇴근
언니! 나 살뺄래!! 이래서는 정해인한테 밥 못사주는 누나라구
흠..
너 정해인보다 세살어리거든?

이 드라마... 언제 끝나지?

먹지마라~
아래
나도 먹고싶으니까
쩝쩝
시큼.
같이 다이어트 해야돼
과자

[아빠와 뭉게 똥]

언젠가 아빠와 강아지가
차로 데리러 왔을때...
엄마랑 누나온다! 뭉게!
헥헥

아직 내가 회사에 다니고, 엄마도 일하고
아빠는 주부 & 공인중개사 공부 하실 시절
아~ 맨날 아빠가 데리러 왔으면
그러게~
아빠는 가끔 역까지 픽업하러 오셨다.

그런데...
어머? 당신 방귀뀌었지
아~ 냄새~
킁킁
킁킁
아니여~

구린내가...
뭉게도 아닌데? 당신이지
더 나는거같애 이게 뭐야
으악
차암나 난 진짜아녀
킁킁
악

아으윽~
당신이 뀐거 맞잖아~!
창문 다 열어
나 진짜 아녀
어떡해! 아빠차에 고양이 죽은거 아니야?
불쌍한 고양이 아아~
나중에 확인결과, 고양이도, 방귀도 아니었다

아빠가 차를 주차하고 마지막으로 집에 들어왔다.
간식 없나…
어?
당신 잠깐 뒤돌아봐!

아빠의 엉덩이엔…
어?
이게 뭐여
뭉게 똥아녀!?
아이쿠~
납작~

엄마와 나를 픽업하기 10분전…
△△ 약국
으악! (나두고 가면 똥싼다!!)
뭉게! 아빠금방 갔다올게
ㅋㅋㅋㅋㅋㅋㅋ

아이코 ~
난 그것도 몰랐네
킁킁

[문워크]

아빠와 문워크

우리아빠.

음치에 몸치다.
섭취
으아~ ㅋㅋ
ㅋㅋㅋ

그런 아빠에게도 댄스에 대한
열망은 존재 하였는데...
아빠는
마이클잭슨 팬이여.
뜬금
나훈아
아니었어?!

덕분에 매년 엄마는 우울증치료가
필요없다는 장점이...

[소년 아빠의 추억]

우리 가족의 흔한 대화

왜인지 모르겠지만, 아빠의
신비한 경험이야기가 나왔다.
아빠 어릴때 진짜
도깨비불 봤지~
이산~저산~넘어갔어
휙
에이
참나

60년대…상상
아버지!!!
저게
도깨비불이 맞거유?
!!
호로로록
저기저~
저~
산이유~
소년
아빠
이~그려~
(할아버지)
진짜 도깨비불
이었어

아니여~
이사람아~
우리아버지께서도
봤었어
서울토박이
쪼잔…
으이구~
하여간
뻥도~
진짜?
도깨비불?
와~
ㅋㅋ
ㅋㅋㅋ
이거
그거야지ㅋㅋ

ㅋㅋ
왜~엄마 아빠 옛날에 호랑이도 보셨대ㅋㅋ
← 무주기능 인물

그려… 맞어 호랭이도 봤지…
비장…

(또) 60년대…상상
아버지!! 호랭이유!!! 우와~
!!
저기저~ 저~ 산이유~
소년 아빠
이~그려~ (할아버지)
진짜 쪼만한 호랭이…

뻥치시네~
당신이 무슨 조선시대사람이니? 하여튼~
아녀~ 이사람아~ 우리 동네 아주머니들 다 보셨다니께! 호랭이~
에이~
ㅋㅋ ㅋㅋ
참나~
ㅋㅋ ㅋㅋㅋ
꿀잼
진위여부는… 아무도 모른다…ㅋㅋㅋ

[나의 할아버지]

우리 할아버지 이야기를
하고 싶은 만화

헌팅캡이 멋진 이 신사분이
우리 할아버지란다.
미소가
차밍~

풍채도 좋으시고, 오토바이를 타고 달리시고,
왕년엔 춤까지! 멋진 서울사나이!!!

그런데 몇년전 할머니가 돌아가신후
할아버지는 너무 큰 슬픔에 빠지셨어

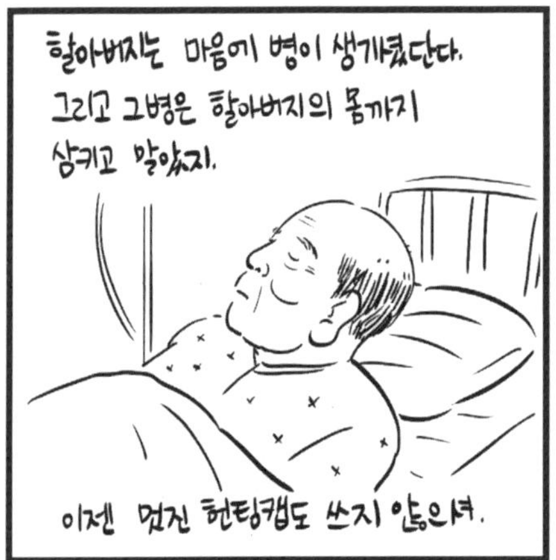
할아버지는 마음에 병이 생기셨단다.
그리고 그병은 할아버지의 몸까지 삼키고 말았지.
이젠 멋진 헌팅캡도 쓰지 않으셔.

그치만 내가 문안갈때마다 특유의 예쁜 미소로 반겨주시는,
할아버지~ 저왔어요~
요구르트 사왔어요

내가 "사랑해요 할아버지" 하면 "나도"라고 웃으며 답해주시는
할아버지~ 또 올게요~
...그래

세상에서 가장 멋진 우리 할아버지,
우리엄마가 가장 사랑하는 엄마의 아빠
이야기를 하고 싶었단다.

허허~
그래 귀엽다~ 자식
4년전
할아버지와 뭉게

[아귀찜과 중짜 선생]

우리 가족과 아구찜
이래보여도
아구찜ㅋㅋ

주말, 나는 인생 첫 아구찜을
먹게 되었다.
와!
완전 맛있겠다.
← 수미네
반찬
시청중

매운것X
뭉게와 남동생은 집을 지키고
나머지 식구들이 아구찜식당으로...
흠...
大자로
시키자~
♥
ㅋㅋㅋ
기대돼
ㅋㅋ

그런데...
저기...여기
아구찜 中자에
고등어구이 하나요

뭐~? 중자~?
!!

아아니~ 난 매운거 안먹어. 아빠는 고등어여.
당신은 항상 맘대로 정해! 아주 먹기만 해봐!
아아아~ 왜~
으아~ 왜~!

결국 아빠의 고집으로 中자 결정
아빠는 아구찜 안먹으니까 간장 안줘야지~
고등어도 찍어먹거든요?
ㅋㅋㅋㅋㅋ
ㅋㅋ ㅋㅋㅋ ㅋㅋ
ㅋㅋ 맞아!

그리고 아구찜 나온지 5분 뒤...
슬쩍
...
음~♥
초라...

아빠 많이 드세요
절레
노노
고등어도 먹어봐~ 맛있어 (뻥)

결국 넷이서 맛있게 먹었다. 아빠는 중짜선생이라는 별명을 얻었다
아구 아구
끄덕
당신 담부터 그러지마 알았어?

[할아버지와의 이별]

내가 많이 사랑하는
우리 할아버지께서 떠나셨다.

나는 아직 온기가 남아 말랑한
할아버지의 예쁜 손을 잡고

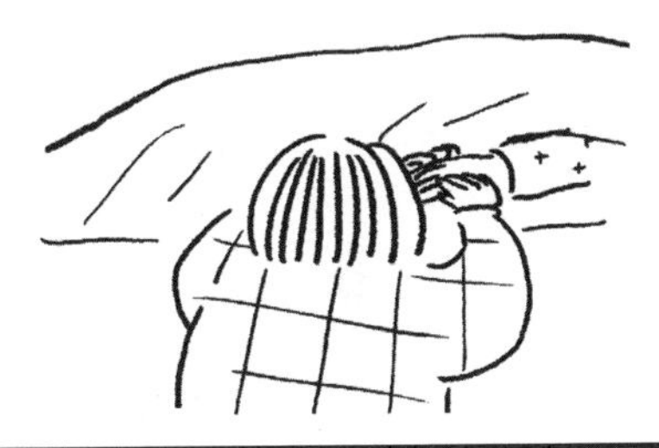

마지막으로
사랑한다고 전했다.

남겨진 우리 가족은 엉엉 울고,
즐거웠던 추억담에 하하 웃고,
그렇게 삼우제까지 마쳤다.

생전에 좋아하시던 캬라멜마키아또
설탕 가득 넣어서 할아버지와
나누고 싶다.

[아직은]

아직은 울때이다

저번에 동네에서 친구를
만났는데 할아버지 장례 이야기를
하다 울어버렸다
헙
아이고...

많이 운건아니고, 울음을 참으려고
커피를 들이마시다 사레가 걸렸다.
캑캑

엄마 나오늘 할아버지 얘기하다
친구 앞에서 울었다?

그랬니?
엄마도 아까 퇴근길에
엄청 울었는데...

언제쯤이면 울지 않고 추억할 수
있을까?
언제까지
울려나...?

엄마도 모른다는 것을 알고도 묻는다.
글쎄...

하지만 엄마도 나도
지금은 울어도 된다는 걸 안다.
어쩌면 앞으로 계속, 그래서

아직은 울 때이다.

조금 있으면 할아버지가 떠나신 지 딱 일 년이 된다. 일 년이나 지났다는 것이 실감이 나지 않는다. 할아버지와 웃으며 이런저런 이야기를 나누었던 때가 마치 어제처럼 생생하다. 더 많이 사랑한다고 말씀드릴걸. 좋아하시던 음식도 많이 사다 드릴걸. 전화를 많이 드릴걸. 다리를 많이 주물러 드릴걸. 많이 안아드릴걸. 하고 후회 섞인 생각이 들다가도, 할아버지와 나누었던 소소한 이야기, 엄마와 할아버지의 재밌는 대화들을 떠올리면 그때의 행복했던 순간들로 되돌아간다. 할아버지는 할머니와 만나셔서 우리를 지켜보고 계시겠지. 할머니 할아버지 대신 엄마를 지키는 든든한 손녀딸의 모습을 보여드리고 싶다.

[단골 카페]

단골카페가 문닫았다.

한 동네에서 오래살다보니
온가족이 단골인 카페도 생긴다.
CAFE coffee tea
CAFE
OPEN

10년 가까이 신세졌던 동네카페가
문을 닫는다는 소식은, 집안 거실에서
여러번 대화주제가 될만큼 큰 사건이다.
카페 사장님이 곧 카페문 닫으신대~
헐~ 충격
헐~ 왜~?

카페는 어제 마지막 영업을 했다.
엄마는 퇴근후 여동생과 마지막으로
그카페에 들렀다고 한다.
딸랑
사장님~
CAFE
OPEN

엄마는 마지막으로 아메리카노와
카페라떼를 두잔씩 샀다.
사장님은 말하셨다.
저희 가게
시작과 끝을 함께하시네요.
오~

8년전... 엄마
안녕하세요~
여긴 혹시 카페인가요?
어머~새 카페
아~안녕하세요
네~
저희 내일부터
오픈이거든요~

8년여라는 시간은 꽤 길어서
사장님은 카페를 운영하시면서 결혼도
하시고, 예쁜 딸들의 아버지가 되셨다.
얼떨결에
시음中
아~
정말
감사합니다
어머~
너무맛있다
세상에~

"정말 감사했습니다." ...
... "정말 수고 많으셨어요~"
CAFE
CAFE

사장님의 카페라떼가 그리울거야.

[명절 보내기]

그래도 가족이
있으니까!

우리가족이 명절을 보내는 법
뭉게는 안돼~
킁킁

해마다 찾아오는 우리집의 명절은
대장인 엄마가 결정한다.
올해는 갈비찜이나 해야겠다
나이스!!
흠~

지난 몇년간 외할아버지의 투병으로
지내지 않았던 차례를 지내게 되었다.
당신 쓸데없는거 사오기만해봐!
(엄마)
장보기담당 아빠 →

아빠는 기본적으로 유교맨이라
엄마가 차례를 지내기로 한 순간
신나서 일을 했다.
여보, 내가 밤도까고 도라지도 까고 그... 뭐여... 그거 다사오고
눈치눈치
잘했어~

이렇게 매해 추석이 오는 것을 기다린다.

추석 비하인드 만화

(그리고 말티즈...)

1. 제사와 관종
ㅋㅋㅋ
왜저래
다다다다
펄쩍
?
왈
펄쩍
끼잉~

2. 제사와 관종 Ⅱ
펄쩍
펄쩍
악
절하는중
(그 이후에도 몽게는 제사 내내 그랬다)

3. 아빠
악! 몽게잡아
하이코!
와장창
콸콸

4. 아빠가 사온 쌀
??
엥?
?
우물우물
쩍!
(제사지낸후 아침식사 中)

아빠가 제사용으로 사온 햅쌀은
찹쌀이었다...
(그것도 묵은... 크흑)

5. 슈퍼관종
어제 아들이 사왔으니 엄마랑 한판?
짜잔!
화툭
콜!

어... 아안돼...
두두두
두두두

.....
....
...
삐이이

[크리스마스에 관한 이야기]

이젠 모두 일을 나가고,
나와 몽게 뿐인 크리스마스 이브...
이따금씩 그시절이 그립다.

[올해도 그녀의 생일]

여동생의 생일이다.

동생의 생일 축하파티를 하기위해
퇴근을 서둘렀다
헉헉
만두
(※ 최근 다른 학원 근무시작)

나와 달리 이벤트를 좋아하는
여동생은 일년내내 생일파티를
기다린다.
언니 나
생일때 뭐줄거야?
흠
고민…
(작년가을)

그래서 우리가족은 새해가 되자마자
여동생의 선물을 고민한다
엄만 다다 선물
결정 했지롱롱타임~
헐~
난아직
인데

음... 과식했군 끄억

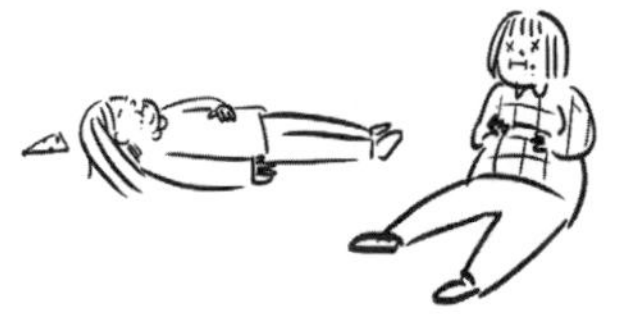

동생아, 우리 내년 생일은 조금 더
날씬한 모습으로 맞이하자꾸나!
(닭 다리를 뜯으며)

[일요일 아침의 목욕탕]

대중목욕탕은 안간지 오래인데

토요일에 친구가 갑자기
목욕탕 이야기를 꺼내더니만
음... 목욕탕 가고싶다. 이럴땐 자주갔는데
와~ 대중목욕탕 안간지 개오래됨.
춥다~

다음날 이러려고 그런 말이
나왔나보다
야!
목욕탕가자! 빨리일어나!
엄마 준비다했어
깜짝

아안감~
귀찮아
휙
....
그래라?
훗
오~?
개꿀~

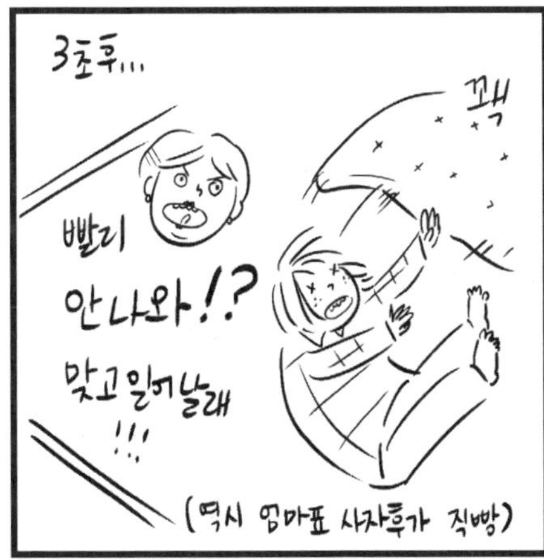
3초후...
꽥
빨리
안나와!?
맞고일어날래
!!!
(역시 엄마표 사자후가 직빵)

10년전쯤엔 동네에도 작은 목욕탕이 있었는데, 이젠 조금 멀어서 더귀찮다.
다행히(?) 아빠가 데려다줬다.

안녕하세요~
여자3명이요
오늘 세신사님들 계신가요?
T CENTER
네~
우와~ 여기 리모델링 했네

가기전엔 귀찮지만, 막상 가고나면 좋은게 목욕탕인가보다.
크으~
조타

이젠 여기서 나가는게 귀찮아 졌다...

[시간이 가져가는 것들]

설연휴는 지난지 한참이 되었지만
우핡!

미련이 남는 이유는,
하

아마도 작년까지의 설연휴와 많이 달랐기 때문이겠지
꼬깃꼬깃

보고싶다.
사실 설연휴라는 핑계를 댔지만
항상 떠나간 분들을 떠올린다.
흠...

멈춰주지 못할거라면
천천히 흘러주기를.

시간은 흐르면서 많은 것을 잡아끌어 가져간다. 사랑하는 사람들, 사랑하는 것들, 내가 사랑했던 공기. 흐르는 시간을 멈추는 둑을 설치하는 게 무리라면 어딘가 작은 도랑이라도 파서 고여있게 하고 싶다. 흐르지 못하게 붙잡고 싶다.

그래도 가족이 있으니까!

[벅스 라이프]

벅스라이프 우리집

우리가 지금 약 4년째 살고있는
이 집은 아주 오래되었다.
여기 2층이 우리집이다.
밑엔 가게들이 있다.

그래서인지 집이 좀 허술하고
틈이 많아서 벌레가 많다.
날파리
왜이리 많아?

물가 비도새고 벌레도 많고,
심지어는 장마철에 버섯도 난다!
(예전 만화 있음)
으~
또 비샌다
왜하필
맨날 우리방 앞이야

지금까지 살았던 집들은 자가였지만,
집사정이 힘들어진 이유로 이 집은 우리가족의
첫 전세집이다.
어쩔수 없지뭐~ 우리 집이 아니니까~
아~ 벌레만 없어도
그래서 수리를 못하고 산다.

하여간 여름엔 날아다니는 거대바퀴, 개미,
모기, 날파리, 심지어는 얼마전 대형거미도
나왔다.
얍~!
※ 몸을 날려잡는다.

이 집에서 살면서 나는 피도 눈물도
없는 벅스 킬러로 거듭났다.
(모스키토 헌터에서 승급하였다)

주로 가족들의 의뢰를 받는다!
언니!!
여기 바퀴으악!
여기
모기나왔다~
(아빠)

그냥
이런거 안나오는
아파트 살고싶다 흑!
파지지
지지직

[선물 고르기]

어버이날 선물은
정말 어려워!
(안마기...?)
(꽃다발...?)

매년 이맘때쯤이면 동생과 나는
깊은 고민에 빠진다.
바로 "어버이날" 선물 때문이다!
흠~
흠...

우리 엄마는 취향이 까다로워 쉽지 않고
엄마가 이렇게 웃으면 완전 가짜 미소이다
음~ 그래 일단 잘받을게~ 호호
망했군

아빠는 선물을 꼭 잃어버리고 만다.
(장갑... 손수건... 이어폰 등등)
그렇다고 건강식품류로 드리면 입이 써서 안드신다!
아빠! 내가 준 선물 어디갔엉~?
잃어버렸따, 하이고~

엄마, 아빠! 기대에 부응하지 못하는
늙은 돼지딸이어서 항상 죄송하고
올해는 조금더 나아진 모습이고 싶어요...
사랑하고 고맙습니다! -큰딸올림-

[어버이날 선물과 뭉게]

어버이날 선물로 부모님께 전동칫솔을 선물해 드렸는데,

두 분 다 너무 좋아하셔서 다행이었으나,
혼자 불만을 품고 있는 분이 계셨다.

바로 이분이시다.

아무래도 청소기 다음으로 뭉게의 적이
하나 늘어난듯 하다.

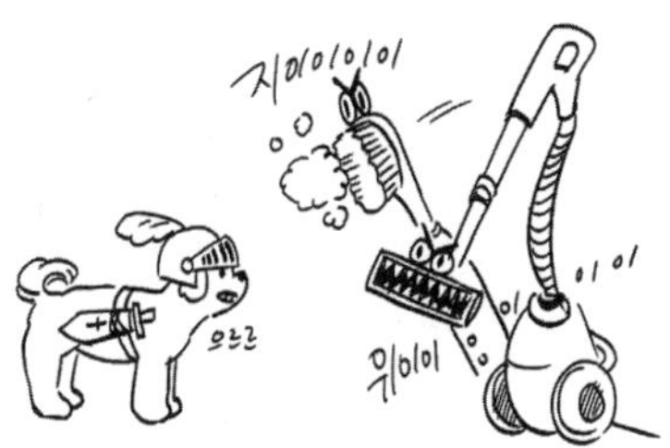

[우리 가족 이야기]

요새 드는 생각이 있다.
전세계약의 연장여부에 대해 이야기를 나누다 문득 털어놓았다.

그런 생각이 든 이유는, 우린 지금 낡고 비새는 전셋집에 살고 있지만, 식구들 모두가 열심히 머리를 맞대고 고민하는 이런 순간들이 행복하다고 느껴졌기 때문이다.

그래서 오히려 약간 불안해진다.

이 시끌시끌 복닥복닥한 행복이 언제까지고 이어졌으면 한다.

생각처럼 잘 풀리지 않는 아빠의 부동산 일도, 엄마의 힘든 백화점 지하 판매일도, 나의 파트 강사일도,
이런 일들로 우리가 금새 부자가 되어 '금전적으로' 행복해질순 없겠지만,

우리 가족은 금전이 아닌 함께 지내는 시간 자체의 행복을 찾은 듯한 기분이다.

우리 가족이 스치고 지나가는 시간을 한장한장 소중히 생각하며 넘겨야지.

우리 가족의 시간은 앞으로도 계속 될것이다.
물론 행복한 방향으로 말이다.

닫는 이야기

투박한 글과 그림을 끝까지 읽어주셔서 감사합니다.

책을 엮어 세상에 나올 수 있게 도와주신 출판사 분들, 연재하는 내내 따뜻하게 지지해준 사랑하는 가족들과 소중한 내 친구들, 또 무엇보다 연재를 계속할 수 있게 응원으로 지켜봐 주신 독자 여러분들과 제가 힘들고 헤맬 때 항상 힘이 되어 주시는 은사 타마다 쿄코(玉田京子)교수님께 깊은 감사의 말씀을 드리고 싶습니다.

작가 올림

저 이래 봬도 잘 살고 있습니다

초판 1쇄 발행 2019년 07월 22일

지은이 예예 (이예원)
발행인 정영욱

책임편집 김 철 | **표지 디자인** 김태은 | **내지 디자인** 김태은
도서기획제작팀 김 철 여태현 김태은 정영주 정소연
디자인·마케팅팀 표인권 유채원 홍채은 김은지 김진희

펴낸곳 (주)BOOKRUM | **주 소** 서울특별시 구로구 구로동 237 지하이시티 1813호
전 화 070-5138-9972~3 (도서기획제작팀) | **이메일** editor@bookrum.co.kr
홈페이지 www.bookrum.co.kr | **인스타그램** bookrum.official
포스트 http://post.naver.com/s2mfairy | **블로그** http://blog.naver.com/s2mfairy

ISBN : 979-11-6214-283-7

※ 이 도서의 국립중앙도서관 출판시도서목록(CIP)은 서지정보유통지원시스템 홈페이지 (http://seoji.nl.go.kr)와 국가자료공동목록시스템 (http://www.nl.go.kr/kolisnet/)에서 이용하실 수 있습니다.

※ 오탈자 및 잘못 표기된 부분은 위 이메일 주소로 보내주시면 감사하겠습니다.